怀念我的母亲崔荷莲

母亲的爱，给予我永恒的力量
传承真、善、美、爱，是我的使命

破格

大师的成长之路

陈艳敏 著

海峡出版发行集团 | 海峡文艺出版社

图书在版编目(CIP)数据

破格:大师的成长之路/陈艳敏著. 一福州:海峡文艺出版社,2023.11(2024.5 重印)
ISBN 978-7-5550-3486-5

Ⅰ.①破…　Ⅱ.①陈…　Ⅲ.①读后感－作品集－中国－当代　Ⅳ.①I267

中国国家版本馆 CIP 数据核字(2023)第 197046 号

破格
　　——大师的成长之路

陈艳敏　著

出 版 人	林　滨
责任编辑	林可莘
出版发行	海峡文艺出版社
经　　销	福建新华发行(集团)有限责任公司
社　　址	福州市东水路 76 号 14 层
发 行 部	0591－87536797
印　　刷	福建新华联合印务集团有限公司
厂　　址	福州市晋安区福兴大道 42 号
开　　本	720 毫米×1010 毫米　1/16
字　　数	165 千字
印　　张	16
版　　次	2023 年 11 月第 1 版
印　　次	2024 年 5 月第 3 次印刷
书　　号	ISBN 978-7-5550-3486-5
定　　价	38.00 元

如发现印装质量问题,请寄承印厂调换

目录

1

上编

为美而生，与美同在

凡·高①：为美而生，与美同在

——读《梵·高艺术书简》②

当这些书信带着艺术家的虔诚一股脑儿地呈现到我眼前时，我被他的丰富惊呆了——在这里我看到的凡·高不只是那个画《向日葵》的凡·高——我不知道《向日葵》究竟使他的艺术走向了巅峰还是走向了终结，但我看到，《向日葵》仅仅是他生命的一部分。

是的，凡·高贫穷、敏感、执着、勤奋，同时也快乐、正直、悲悯，复杂的性格中或许还夹杂着一点神经质，他被美感召，激动而又平静，热烈而又孤独，然而任何一个单一的向度，都无法准确地概括凡·高。

《向日葵》，不是全部

许多年前，是《向日葵》的那一片狂热、绚烂而又执着的色彩将我引向凡·高。

---

① 编者注：本书内除引用图书的书名外，其他地方均采用通用译法"凡·高"。

② 凡·高著，张恒、翟维纳译：《梵·高艺术书简》，新星出版社 2010 年版。

▲《戴灰色毛毡帽的自画像》
文森特·威廉·凡·高，荷兰后印象派画家。代表作有《星月夜》、自
画像系列、向日葵系列等。

在给高更的信中，凡·高说："如果说金宁更擅长画牡丹、蜀葵的话，那我一定比其他人更擅长画向日葵。"向日葵代表他的最高成就，他无法不被那种热烈的颜色吸引，他是于向日葵的巅峰时刻走向死亡的。

然而向日葵并非他的全部，在他仅有的十年艺术生涯中，至少有五年是沉浸在《播种者》《织布工》和《吃马铃薯的人》幽暗的色调里，他要画出乡村泥土的气息，而只有这些才能和谐地融入其中。

他对贫苦的人怀着特殊的感情。

在艾尔沃思，他写信给他的弟弟提奥："秋天的傍晚，在栗树环绕下，巴黎圣母院显得如此壮丽。但是在巴黎，还有比秋天和教堂更美之处，那就是穷人，我时常这样想。""亲爱的兄弟，我以一种静谧的心情保留这些美丽的作品，因为虽然离创作完美作品的境界还很远，我还是在墙上悬挂了我的几幅画着老农夫的习作，这些作品足以证明我对那些艺术家的一片热忱并非没有收获，我努力创作一些属于自己的，写实但带有感情的作品。"

也许，艺术就应该带有内在宗教般的虔诚，而写实的艺术或许才能将这种虔诚表达到极致。1881 年 1 月，凡·高在布鲁塞尔写信给提奥，"我非常喜欢风景画，但与之相比，我十倍地喜欢那些源于生活的习作，一些令人震惊的现实主义的东西。"他对弟弟说，"相信我，对艺术品而言，诚实是最好的策略。"

他努力画出真实，因为那令他愉悦。他的《饭前祈祷》《抽烟斗的老人》《悲伤的妇女》，乃至画中农夫的破鞋子，在写实之中无一不带着感情。

他给提奥的信中说："当我在吉丝物街上、在石楠树丛中、在沙丘上作画之时，我是个全然不同的人。此时，我丑陋的脸、破旧的外套和周遭的环境非常和谐，我才成为自己并快乐地工作。"施粥所、三等候车室，这些贫穷的下等人待的地方，也是他作画的地方，"穿着打着补丁的厚粗棉布衣，秃着头，多美的老工人啊！"他说。

当他来到海牙，他依然对弟弟说："不瞒你说，我永恒地思念石楠树丛和松林，还有别具一格的人物——一个收集柴火的可怜的小妇人，一个掘土的贫苦农夫，那些流露出海洋般雄伟气质的纯朴的事物。"

他怀着悲悯在作画，在阴暗的调子里捕捉美。"穿着厚粗棉衣在田野工作的农夫，比其在星期天穿着绅士服上教堂，更具独特气质。""绘画农民生活是一件庄严的事，如果我不努力画出一些能在认真看待艺术和生命的人身上激发庄严思想的作品，我会责怪自己。"

他是一个感性的画家，正如所有的艺术都需要感性的滋养，天才的艺术家更无法脱离情感。友人的去世也会在他的作品中留下印记，1888年4月9日他在给提奥的信中谈到他正在画的花园，"莫奈的去世对我来说是个可怕的打击。你会发现粉色的桃树是带着一些痛苦所画的。"有了这个背景，再看他的作品，将有不一样的感受。

直到来到法国南部的阿尔，他才逐渐被热带丰富的色彩感染，油画也逐渐地明朗起来。

1888年4月9日他对提奥说："一个人无法同时置身于两极与赤道，他必须选择一条路。我选的或许是色彩。"

1888年10月，在他的极力邀请下，高更来到他在阿尔的画室和他一起工作，后来由于个性不同，两人不欢而散。但现实中的分离并没有影响凡·高对高更的倾慕与怀念。两年后他在给阿尔伯特的信中说："高更是一个很好的艺术家，一个怪人，他的外貌与眼光令人模糊地想起拉卡兹画廊收藏的伦勃朗画的《男人像》——这个朋友喜欢教你懂得好画与善事是有同等价值的，他当然不直接这么说，然而，与他来往时从来不能不使人感到，艺术家负有某种道德的责任。我们分手后疾病迫使我入院治疗的前几天，我想画他的'空的椅子'。"

他画了，正如他在信中所说："这幅写生画中画着他那有淡绿色草垫棕红色木安乐椅，没有了高更的椅子上点着蜡烛，并放着几本当代的长篇小说……"

再看这把《高更的椅子》，似乎被一片幽幽的深情渲染……

画家又是宽容的。当他与高更分开，对高更的有些行为感到不解时，他依然在信中写道："不过，他……让他做任何他想做的，让他有自己的独立性。"

并且他写信给高更："尽管如此，我仍然希望我们俩可以尽可能地互相欣赏，如果需要，可以重新开始。"

今天，人们熟知他的《向日葵》，但却不知《向日葵》并非他的全部。正如他给妹妹威廉明娜的信中所说："我认为在美术中鲜活并且永存的，首先是画家，其次才是作品。"

为美而生，与美同在

他对一切的美都保持着原始的冲动和热情，并随时被眼前的景象震撼，凡·高就是为美而生，与美同在。

在伦敦，他写信给弟弟提奥："我已经找到一处满意的住所，而且发现看一看伦敦人以及英国人的生活方式，十分有意思。我还会欣赏大自然、艺术、诗歌。如果这些还不够，那还要怎样呢？""伦敦的郊区有一种独特的魅力，小住宅和小花园之间点缀着草地，通常还有教堂或学校或贫民习艺所夹杂在乔木和灌木丛之间。太阳在傍晚的薄雾中透出红色的时候，这里是如此的美。""每个人都在回家的路上，每样事物都有周末夜晚的味道，喧嚣之中出现了安宁祥和。"

他现场作画，保持生活中"那一刻"的直觉。而对生活的热爱并非始于他学习绘画，1874 年在伦敦，当他还未正式走向绘画道路时，他就写信给他的弟弟："尽量多出去走走，保持你对大自然的爱，因为这是越来越深刻地理解艺术的正确道路。"

在巴黎，他对弟弟说："你会在旅途中看到美好的东西的，虽然对大自然的热爱不代表一切，但这始终是可贵的，我们应该永远保持这份情感。"

▶《夜间咖啡馆》
灯光照射下咖啡馆的那一抹暖黄，与深邃幽蓝的夜空形成对比，烘托出一片恬静美好的氛围。

当他来到法国南部，他被那里的阳光和色彩感染，画逐渐变得明朗，色彩日益丰富。他被周遭的美所震撼，他将它们画下来的同时，也写成文字寄给弟弟。

"石楠树丛生的荒野之中点缀着零星的小屋，公鸡在小屋的周围啼鸣，我们途经的小屋被细瘦的杨树包围，仿佛能听见落叶的声音，以土墙和山毛榉为篱的墓园中有一座矮胖的古塔。石楠树丛生的荒野和麦田的平远景致，其平静、神秘、安宁，唯有柯罗才能画得出来。"

"阿尔的乡村景色一片平远。我看到一片广袤的种有葡萄藤的红色土地，背景的山脉为最柔和的紫色。还有雪景，雪白一片映衬着散发着和雪一样光辉的天空，就像日本人笔下的冬日风景画。"

他在致贝尔纳的信中说："你会理解南方的风景无法用紫色的色调绘出……但是现在色调明显地多彩起来，天蓝、橘色、粉红、朱红、明黄、鲜绿、明亮的酒红色、紫色。""但是加强所有的色彩能够再次获得安宁与和谐。""当我为阳光和色彩效果做选择的时候，没有什么能阻止我这样想：将来会有许多画家跑到热带国土上去画画，你想象一下，这会是一场绘画的革命。"

他对妹妹说："太阳的能量巨大，像是硫黄，光芒四射，怒蓝的天空——有时候这里色彩丰富得就像荷兰总是阴沉一样。""很可惜不是每个人都见到过这两种极端。""羊群在霞光中归返家园的景象，是我昨日所听到的交响乐的最后乐章。一天像一场梦一样过去了，我还如此沉醉于动人的音乐里，以至于全然忘记了饮食——在绘画过手纺车的那家小客栈里，我吃了一个面包，喝了一杯咖啡。

从黎明到日落，更确切地说，从一个晚上到另一个晚上，我已经迷失在那首交响乐中。回到家来，坐在火边，我觉得饿了——是的，非常饥饿。"

在他的眼里，无处不在闪烁着美的亮光。在播种者、悲伤的女人、秃头的老工人身上，在纽恩南的田野里，在农夫的破鞋子中，在阿尔绚丽的色调里，他尽可能地发现美。

是的，那是一种天赋的直觉。与其说刻意追寻，不如说源乎本性。

画家似乎对自己的天性有所察觉，他对妹妹说："已经形成的喜好也不一定一成不变，能够有直觉就好，直觉是很伟大的，事实上并不是每个人都拥有直觉。"

他终日不停地画画，忘我地画画，沉浸在绘画的喜悦中。

虽然凡·高一生都在贫困中挣扎，朝不保夕，也得不到社会的肯定，但谁说画家是痛苦和悲哀的呢？"我虽然经常处在痛苦的深渊，但内心深处仍有宁静、纯粹的和谐，以及音乐。在最穷困的小屋，在最肮脏的角落里，我看到素描和图画。我的心灵将被一股无法抗拒的力量引向这些事物。其他的事物渐渐对我失效，它们使我的视线越来越快地落于那些如画的事物上。"

他写信给弟弟："正如你猜想的，绘画于我，似乎并不如你想象的那样不寻常，相反，我非常喜欢绘画，因为这是一种非常强烈的表达方式。""如果我再次写信给你，不见怪——只是告诉你，这样画画让我充满喜悦。"

在致拉帕德的信中，他说："油画会如此让我产生共鸣，如果让我永远都不能画油画，那太痛苦了。"他手中的画布、颜料，以及心中暗自流淌的诗和音乐成就了他，仅从这个意义上，凡·高也是高贵的。更何况他的美，被内在深沉、真挚的情感牢固地滋养着。他执着，他悲悯，他同情，他热爱，他享受他绘画的一切过程，"我并没有任何确切的计划，因为我认为画画的过程更有意思。"

谈到《晒鱼的谷仓》，他对弟弟按捺不住内心的喜悦："我希望你喜欢这幅素描：遥远的地平线，越过村庄屋顶和小教堂尖塔的景色，海边沙丘，一切如此美丽。无法告诉你，我以何等愉悦的心情来描画它。"

冥冥之中，他被美感召着。这是上帝丰厚的赐予。

其实不光是绘画，他在文学、音乐，乃至琐碎的生活中皆能迅速地捕捉美。

他跟弟弟讨论《悲惨世界》，讨论惠特曼的诗歌，并时不时地感慨："一个人能够发现多少美？"

1883年9月4日，他写信给弟弟："接到你的信时，我刚从洛斯德伊嫩后面的沙丘回到家里，全身湿透了，因为我在雨中坐了大概三个小时，那些景色能让人怀念起吕斯达尔、杜比尼，或者朱尔斯·杜普雷。我画了缠扭的、有节瘤的小树，还画了雨后的农场景色。一切都是古铜色的。唯有在每年的此时的大自然，或是杜普雷的某些画作中，才能看到这一切，美得令人难以想象。"

在阿尔，他写信对弟弟说："一天晚上，我沿着寂寥的海边散步，感受既不快乐也不哀伤，而是纯粹的美。"

画家强调绘画的"灵魂"。

1878 年在阿姆斯特丹他在给提奥的信中说："我一点也不喜欢杰洛姆画中的人物。我在这个人物身上找不到灵性的印记。""动物也有那样的躯体，或许比人类的更美，但是伊瑟列斯、米勒或者菲尔，他们画出了人物深处的灵魂，这种灵魂是动物们从来没有的。"他对米勒始终崇敬有加，米勒的影响贯穿其一生。

对于梅龙的作品，他说："即使梅龙画砖、花岗岩、铁架桥的扶手，他也在其中融入了人类的灵魂，人们会被其内部莫名的悲伤所感动。""这也是他伟大、无限的原因所在。"

"对于自己的工作，光是思考和观察还是不够的，我们需要安慰、祝福和一种更强大的力量来指导，渴望灵魂根据一定的经验和认识在光明里升华，这对任何人都很重要。"他对美的感悟和捕捉，正是来自灵魂深处的情感，他的每一幅作品，其实都在撼动着他自己。因此对于自己的作品，不管世人承认与否，他都非常珍爱。

借助神赐的灵感，凡·高似乎发现了自己的使命，他说："看，在未来的很长一段时间里，我可能会成为献身于一个时代的画家。"一个被美引诱的，内心流淌着诗和音乐的高贵画家！

以平静的喜悦沉浸在绘画中

1881 年 1 月，在布鲁塞尔，凡·高写信给弟弟提奥："我必

▲《画架前戴深色毛毡帽的自画像》
凡·高创作的第一幅油画自画像，画于他刚刚抵达巴黎的时候。

须告诉你我开始画画了，我并不打算放弃它，所以这是我首选的道路。不仅仅是因生活需要而根据绘画技巧画人物和风景，而且也画依据文学、地貌等因素的深厚作品，这很难达到。"

　　他向弟弟描述自己的工作状态："最近我忙于画画，

画了许多作品，而且我为画出的东西而高兴。"

其实在此之前的 1880 年，甚至更早，他就已经开始在画画了。
1880 年在奎姆，他写信给提奥："前两个星期我一直从早到晚地画，
我每天看起来精力充沛，事实上依旧充满渴望，我正在复制《田野》，
我正在忙于画《剪羊毛的人》。"

1882 年 9 月，凡·高来到纽恩南，直到 1883 年的夏季，他一
直在海牙。正如译者所言，"海牙的各个角落都留下了他写生的足
迹。一片海滩、一丛树、一张破渔网、一个割草的人，都能令凡·高
发现美。"而凡·高在写给弟弟的信中说："我在海牙过得很开心，
我在这里发现了许多美好的东西，我决定努力将一部分呈现出来。"

在海牙，他写信给提奥："没有人将流连在码头、小巷、街道、
住宅、等候室，甚至沙龙当作愉快的消遣，除了艺术家。""在每
一个现场进行写生，这都是粗活，有时甚至是苦力活。""我整天
创作、操劳、干苦差事，但我身心愉悦。如果不能努力画画或更努
力画画，我将变得气馁。"观察，欣赏，"经过一番考虑之后，我
就说，我要把它画下来，一直把它完全画到纸上为止。"他说，"我
处于持续的狂热中。"

他向贝尔纳介绍风中作画的经验，而后他对贝尔纳说："我有
时不能自控地想起塞尚，恰恰就在此时，我意识到他的几幅作品中，
他的感触看起来是多么笨拙——原谅我使用了笨拙这个词——由于
他可能是在强烈干燥的冷风中画出的那些作品。我有一半的时间也
需要面临这种困难，我就明白了为什么塞尚的画有时让人感觉如此

美，有时看起来却很粗糙。那是因为他的画架在摇晃。"

环境恶劣，际遇不佳，但画家是快乐的。你瞧，他在给母亲的信中说："并且因此我也相对平静了一些，尽量画出好的作品，并不认为自己与这些不开心的人为伍。"

他终日不停地画画，时而他也将自己的行为归结为勤奋，但勤奋更有可能是一种表象，画画对他是一种吸引，一种不可抗拒的内在引诱，他时常在画中找到愉悦，获得自信和安慰，并使信仰愈加巩固。他说："我不适合做生意或专业研究，并不能证明我根本不适合成为一名画家。"

他画画，但他没想为什么画画，事实上他没有动机，绘画于他，只是冥冥中的吸引。没有人，也没什么事情能够阻止他画画，他就是为绘画而生。这种冲动来自生命不可知的神秘的深处。绘画，是他生命不可分割的一部分。就像他对高更说的："当我像一个梦游症病人一样，在工作的时候，经常不知道自己在做什么。"

在经受坎坷之后，他对提奥说："弟弟，因为尽管有这一切小小的苦难发生，我依然生机勃勃地工作。""我觉得无论如何油画都会间接地为我唤醒其他的东西。""我喜欢在街上画素描，我希望素描能更完美。""今天早晨4点，我已来到外面。"

在绘画中，他是快乐的。在他描述绘画的文字里，也看不到向日葵的热烈燃烧和几近毁灭的疯狂，而是缓缓的平静和喜悦。

他欣赏绘画的美，也欣赏文学的、生活的、一切的美。他问提奥："你读过都德的《萨夫》吗？""它非常美，并且充满活力。""好了，我写得十分匆忙，因为忙于画画，我从早到晚画大量的画，因为有时候一切都无与伦比的美。"

他在信中对妹妹威廉明娜说："我不知道你是否能够理解，一个人可以通过色彩来作诗，就好像你可以在音乐中寻找安慰。"在绘画中，他得到满足。"在我看来，我常常富有如大富翁，此非指金钱，我富有（尽管它不是每天发生的）是因为，在绘画中发现可以将心灵和灵魂全部投入的东西，并赋予生命灵感和意义。"

1888 年 8 月 18 日，在阿尔，他对贝尔纳说："我在考虑用半打向日葵来装饰我的画室，加工或没加工过的铬黄会点燃各种各样的背景，蓝色的背景，从最浅色品绿到品蓝，用木框装裱，木边刷为铅橙色……哈！我亲爱的朋友，让我们尽管为眼中所见的一切狂欢，是的，这样做……我是多么想在阿旺桥镇待几天啊，我在对向日葵的注释中寻求到安慰。"

三天后他告诉提奥："我很努力地画，以马赛人吃法式杂鱼汤的热情来画，当你知道我在画一些大向日葵的时候你不会吃惊的……我想装饰一下画室。除了向日葵，什么都不用……每日清晨，太阳一出来我就开始画画，因为向日葵凋谢得很快，我要快速地抓住开花的全部。"

他对弟弟说："人们会感觉身临其境，像是这样的一天能收获什么？仅仅是许多粗糙的速写？我还带回了别的东西——以平静的喜悦沉浸在绘画中。"

自我，在平静中坚持

译者在卷首发出的感慨是贴切的，"世上并没有一个可以与他分享快乐与痛苦的人，更不存在'可能分享他的野心和梦想的人'"。

凡·高在写给拉帕德的信中说："他们的轻视让我非常寒心——没有人对我的画有一点点关心。"他对妹妹威廉明娜发出类似的感慨："对画家来说，有一个可以真正理解其作品的灵魂是一种安慰，事实上这种情况很少。"从这个意义上，凡·高的确是孤独的。

但他并未因此而心灰意冷，更没有放弃，而是在平静中坚持——他对他的作品深信不疑。

1882年3月他写信给弟弟提奥："如果经济能力许可，我愿意为自己留住自己正在绘画的一切作品。"

"我会一直因为对事物的构思、想画的主题、不可动摇的需求和大多数画家意见相左。"但他说，"不要因为这人或那人的主张丧失自己的观点。"画家是骄傲的，因为在他的生命中，有一股天生的力量——我不知道那能不能被称作信仰，但他无疑是坚定的。他对提奥说："幸运的是，我非常知道自己要什么，并且对那些说我绘画匆忙的批评完全漠不关心。为了对此回应，我画了一些甚至比前几天更加匆忙的作品。"

对于他不喜欢的提斯蒂格，他对弟弟说："够了，不谈这些了。我不应该遭到他的责备，如果我的画不能让他感到愉快，那么向他展示那些画也不能让我感到愉快。他认为我的素描不好，而这些素描有很多优点，我不期望从他的口中说出什么好话来……关于这种事，我宁可失去他的友谊，也不该向他投降。"他拒绝他人的建议，拒绝成为平庸之才。他常常在绘画中找到自我，聆听并跟随自己内心的声音，作出最为正确的选择。他说："一个人如果知道做什么和避免做什么，他将不会像芦苇一样随风飘摇，也不会相信道听途说的废话。"

他拒绝学院派的创作，他因不堪忍受安特卫普美术学院的专业训练而最终逃离，但他对弟弟说："我没有闲着，虽然没画模型，但我可以告诉你，一旦自由了，我将画得更认真，更有活力。"

是的，他做每一件事都有他内在强大的依据。这种固执是可爱的。

"我很少根据记忆画画——我很难用那种方法画。我面对自然时，比开始更能保留自己的感受，少了一些眩晕，因为面对自然，我更是我自己。"

"我夸张，有时还改变基调；尽管如此，我并未对整幅作品做虚假的捏造；恰恰相反，事实上我已经完全发现了它，它无非是必须经过整理而已。"这种内在的强大像黑暗中的灯盏，冥冥中总能给他指明道路，告诉他应该做什么、怎么做。

他对妹妹威廉明娜说："比其余的所有我所拥有的技能都让我激动的就是肖像……我应该画一些肖像，它们会出现在一个世纪之后，那时现在活着的人都已经离世。"他要用他富有热情的表达方式增强人物的个性，那"是带着对所绘之人的爱和崇敬来完成的"。

他写信给妹妹："理想的简练风格在现代社会里会让生活陷入困境，而且有这种理想的人，最后都难以实现理想，就像我。"但他依然坚持，始终保持着鲜明的个性。

他对贝尔纳说："我并不想参加什么讨论——我在这些抽象画法中看到了危险。如果我非常平静地画画，美的主题就会自动出现。真的，最重要的是，要在没有预先做出计划和没有巴黎人的偏见的情况下，到现实生活中去积聚新的力量。"

他对阿尔伯特说："我发现区分印象派作品和其他画派作品是件困难的事情。我认为把我们近来所见的情况划分成派别，是没有意义的，这种荒谬让我害怕。"

对于艺术，对于艺术家，他也常常保有自己鲜明的见解。

1884年1月24日在纽恩南，他写信给提奥："真正为许多人开拓新领域的现代画家是米勒而不是马奈。我不以为马奈能被列入本世纪的第一人，但他无疑是个有价值的天才，这便很伟大了。"

"米勒、德·格鲁和其他很多人树立了一个榜样，他们对那些肮脏的、粗糙的、丑恶的、讨厌的等种种嘲讽置若罔闻。所以一个人摇摆不定是非常耻辱的。"

"蒙提切利经常到这里来，他身体强壮，声音沙哑，向往阳光、爱、愉悦，但是经常被穷困困扰，他确实对色彩有高雅的品位，是非常罕见的优等人，保持了过去的优良传统。他抑郁而终，或许是在一次从客西马尼旅行回来之后，死于马赛。好了，听我说，我在继续他的未竟的事业，就好像我是他的儿子或者兄弟一般。"

"在谣言四起的时候，蒙提切利画下了南方的一切，所有的黄色、所有的橘色、所有的硫黄色。大多数的画家，因为他们自己并没有身处色彩的世界中，所以他们不使用那些色彩。对那些画下他们所没见过色彩的画家，他们便认为是疯子，当然了，这仅仅是猜测而已。我即将完成一幅完全用黄色绘成的画，那是一幅向日葵。"

画家对他自己的画有深刻的自信，然而对于绘画之外的生活，却是全然无知。他对妹妹威廉明娜说："你猜我发现了什么？我的作品。你猜我没有发现什么？我生命中的其他一切。"

一次在展会上看到沙瓦那的"非常棒的作品"，他写信给妹妹："这些描述并不是要告诉你什么东西——但是，当一个人看到了这幅

▲《向日葵》

凡·高的《向日葵》狂热、绚烂而又执着，代表了他的最高成就，也揭示了他所有的秘密。

画，当一个人长久地凝视它，会有一种新生的感觉，包含一个人所应相信的所有事物，应有这样的期待——远古与现代的一次陌生却又幸福的交融……"

这些见解和感受当然是个人的、感性的，正如他自己所说，他常常也会"感情用事"，甚至更甚。然而只有感性的灵魂似乎才更酣畅。当他得知高更喜欢他的《阿尔的妇女》，他写信说："如果你喜欢，这幅画归你，作为那几个月我们两个一起工作的总结。""有一些东西我想再通过刻蚀突出一下，然后就顺其自然吧，喜欢的人就拿走好了。"

有时，他对那个时代的艺术潮流和艺术走向也保持着敏锐的触角。1884年10月他对提奥说："在荷兰，很难找出印象派的真正意义，但拉帕德和我都对现今的绘画潮流非常感兴趣。事实上，意想不到的新概念开始兴起。时下的作品格调与数年前的相当不同。"

1888年6月22日他写信给威廉明娜："一个真正能拉好小提琴或弹好钢琴的人在我看来是非常有趣的，他打开小提琴，拉了起来，所有的人可以整晚享受他的音乐。这是一个画家应该达到的境界……但是在现代鲜有人有兴趣与我们为伍，如果他们认同了我们，或许他们会立即并且永远地修正他们的看法。""你不理解有种新的画风将要出现吗？"

当然有时他也看不清楚。当印象派要组成一个团体，从节约材料等现实的考虑出发，他也对此抱有幻想，然而他说："结合在一起还很遥远，我们现在用一艘脆弱的小船航行，并没有留下深刻的痕迹，独自在我们时间的深海之处航行。""这是一次复兴，还是一次衰退？我们无力判断，因为我们与之如此接近，以至于不会被扭曲的视角欺骗。这个时代的事情，我们的失败或者成功，或许在我们眼中看起来会被放大。"

像是一种预感，1889 年 9 月的一天，他突然对弟弟提奥说："让我们以北方人的冷静来面对现实吧！这讨厌的艺术生命快要耗尽了。"

4 个月之后的 1890 年元月，他的展出作品《红色的葡萄园》被比利时诗人和画家德·波克的妹妹买走，这竟然是凡·高生前售出的唯一一件作品。

凡·高在给弟弟的信中说："我们眼见当今画家备受缺乏足够的金钱维生和购买油彩的痛苦，另一方面，已逝画家的作品却被付以高价。"

但我相信，他对此并未真的在意。

提奥，亲爱的兄弟

兄弟提奥在凡·高的生命里是不可或缺的。没有提奥，就没有凡·高。

提奥对于凡·高的支持有精神上的，但更为重要的，是生命线上的、物质的支撑——那对于身无分文、一生只卖出过一幅画的凡·高是何等的重要！

通过信件，他频繁地向弟弟求助、告急。"我希望你现在能寄给我一些钱"不间断地出现在他给弟弟的信件里。

有时贫困压得他喘不过气来，他写信给弟弟："朝自己的目标前进对我而言真的很艰辛——潮水高涨，几乎快到唇边，或许还会更高，我怎么能预知呢？""尽快给我写信，尽早把2月份的钱寄给我，因为我非常确信那时候钱将花得一分不剩。""从明天开始的一周我会有很多工作，但我害怕钱不够用，2.5荷兰盾和一些硬币是我剩下的所有的钱，现在应该怎么做？""尽快回答我，还有其他的可能吗？寄一些钱给我，这样我可以继续画下去。""如果可能的话，赶紧寄些钱给我。""我现在面临的问题是不能再买颜料了，因为旧账还没有付清。""在海牙居住对我来说太贵了，我不得不一次又一次地离开。""这就是我在这里的真实状况，几乎赤字，这段时间会完全赤字。"

而弟弟提奥，也给予了哥哥不曾间断的资助——确切地说，是一生的资助。

画家的一生都被贫困困扰着，他节约颜料，节约画材，朝不保夕，但最为危急的时刻他也没有放弃画画。

1882年1月在海牙，他写信给提奥："所以又起床给你写信，因为我十分担忧。不得不考虑许多有违意愿的事情，大大地阻碍了我的创作。甚至站在模特面前时，我都不知道自己能否付钱给他，第二天能否画下去。在这种情形之下，为了画画，我却必须保持镇静，特别是必须保持自己的精神。总之，那相当困难。"

画家常常因贫困陷入忧伤、焦虑和无奈之中，"模特是一个漂亮的女孩——她是阿尔兹和很多人的模特，她要 1.50 荷兰盾一天，那对现在的我而言太贵了。所以，我还是用瘦小的老妇人当模特。"

提奥是他亲爱的兄弟，也是他的救命恩人。在这个意义上，凡·高一刻也离不开提奥。1885 年 4 月 30 日在纽恩南，他写信给弟弟："我的创作可能会因为材料的困难而遭到抑制，但并不会被摧毁。因为你一直在那里。"

在另一封信里，凡·高对弟弟说："兄弟之间的友爱是生活强而有力的支柱，这是一个古老的真理——让我们寻找这种支柱。"为了鼓舞提奥的信心，也为了让自己增添一线希望，他常常在信中对弟弟说："相信我的作品有销路的日子不会很远了。"

而更多的时候，他甚至被模特施舍。1882 年 3 月 11 日，他在信的末尾对提奥说："还有一件事感动了我。我事先告诉模特今天不用来，但那可怜的妇人还是来了，我向她抗议。她说，'我不是来摆姿势的，只是来看看你晚餐是否有着落。'她带了一盘豆子和马铃薯给我。"

"一旦颜料充足，我将开始远足，从一个村庄到另一个村庄。""乡村的自然中，每天都有不同的景色……但是尽快支付颜料账单对我很重要。"

画家就是这样支撑着，使那些"原本可以更完美"的作品不得不在画家的眼中带着些许无法克服的遗憾。"《吃马铃薯的人》的颜色不佳，至少部分不佳，这是因为颜料不好。"

但有时他也自我鼓励："一个人大概有时需要遭受苦难，但是克服过去，最开始被拒绝的画就可以卖掉。""想到米勒说过的，'我从来也不想免除苦难，因为那可以使一个艺术家更有表达的力量。'"

是的，凡·高就是凡·高，困顿、疾病、世人的不屑与嘲讽……他不会在任何情况下否定和丧失自我！他在贫困中焦虑和痛苦着，又在平静和愉悦中保持着自己鲜活的个性。

"不知道我们是否将赚钱，但如果所赚的钱只够让我勤奋工作，那么我也满足了，重要的是做自己想做的事情。"

1887年在巴黎，他写信给提奥，说他要移居到南方的某处。

次年年初在阿尔，他对贝尔纳说："我感到遗憾的就是这里的生活费并没有预期的那么便宜，迄今为止，我还没有在阿旺桥镇发现更便宜的东西。"但在那里，他说，"你现在想象不到我现在完完全全地在做自己喜欢的事情，可以不再做那些我不喜欢的事情。"

自杀前的那段日子，凡·高疾病缠身，其间曾试图

▲《罗纳河星夜》
　　凡·高的《罗纳河星夜》清冷璀璨，在星光、灯光与河水的交
相辉映下，变幻出无穷的诗意和音乐的美感。

吞颜料自尽。为了防止悲剧的发生，也出于发自内心的对哥哥的关爱，弟弟提奥曾经专门找医生"监护"他。而那时，凡·高依然被贫困困扰。1890 年 5 月他给提奥夫妇的信中说见到了加歇医生，"他安排我住在一家小旅店，旅店要价 6 法郎一天，我自己找了一家 3.5 法郎一天的。"

1890 年 7 月他对弟弟说，忽视商品的行情"是你我穷困的原因之一"，"但是撇开野心，却成为我们能够共同生活多年而不致毁掉对方的因素之一"。即便如此，他仍然需要向弟弟求助，"我身上的钱不够用了，我还得支付从阿尔邮寄行李的费用。"

画家完全依靠弟弟生存，当有段时间收不到弟弟的来信，他就在信中焦急地问："提奥，你怎么啦？""最近几天，我的口袋里一分钱也没有了。当然，我坚定地期望你给我寄来至少 100 法郎，以应付 1 月份的开支。"

"我一直在找模特，也找到了几个，但我没钱请他们。"

"如果因为某些原因你不能马上寄来 100 法郎，回信的时候至少寄给我一部分钱。"

那时，画家的口袋里只剩下给弟弟寄信的唯一的一枚邮票，他在信末对弟弟说："我刚才在口袋里找到了一张邮票，否则将无法给你寄信。"

两周之后，他回信给弟弟："感谢你的来信以及其中夹带的 50 法郎纸币。"而这也是他生前写好但没有寄出的最后一封信，是他自杀后别人从他身上翻出的，在这封信中他说："我亲爱的弟弟，我总是对你说，我再一次郑重地重述一遍，一个尽自己最大努力勤奋不懈的人，肯定会获得成功。我要再次对你说，我始终认为你不只是一个专门经营得罗的画作的平凡的画商。通过我的斡旋，你实际参与了某些不朽的油画作品的绘制过程，那些作品即使在风暴中也完好无损。"

"因为这是我们的收获，这是我在危急关头必须对你说的一切，或者至少是最重要的一件事——此刻，已逝艺术家作品的经销商和在世艺术家作品的经销商之间的关系，正处于异常紧张的时期。"

"至于我自己的作品，是冒着生命的危险创作的，而我的理智垮掉了一半——没关系——据我所知，你不属于在世艺术家作品经销商行列，你仍可走自己的路，怀着本性地做事，本乎人性地做选择。但是，又有什么用呢？"

之后，他永远地离开了提奥，他亲爱的兄弟。

"在忧思中，与你握手道别。"是他对弟弟说的最后一句话。

6个月后的1891年1月25日，由于衰弱的身体慢慢支持不住，提奥也追随哥哥而去。在奥维尔麦田间的小墓地里，一个阳光普照的地方，提奥和他亲爱的哥哥——凡·高再度相会了。

高更：回到艺术，这最恰当的归宿

——读高更《生命的热情何在》①

有时候，即使身为艺术家，他的作品也无法全然地表达他自己，还需要借助语言、文字等其他的方式来加以补充和完善，从而勾勒出一个完整的艺术家形象。高更便是如此。

在我没有对这个人做任何了解的情况下，单看高更的画，坦白地说并未引起太多的好感。虽然画布上大块色彩的铺设的确抢眼，虽然在众多的画中他的画的确能于第一时间跳出来，带有鲜明的个性色彩，但显然我还不曾与之有过深入的心灵沟通（当代画家陈丹青也是如此，除了他的成名作《西藏组画》，在他归国十年的作品展上，我看到的是他每一幅作品下的文字说明为他的作品增色），不像凡·高，在接触的每一个瞬间都心潮澎湃，激动不已。

但这本书——高更的这本塔西提手记，改变了我对他的印象。艺术家的心灵是自由的，或者说艺术家天生拥有一颗自由的心灵，这自由的天性会导引他冲破并超越世俗，走向他自己的天空和大

---

① 高更著，吴婷译：《生命的热情何在》，江苏凤凰文艺出版社2016年版。

地——对于高更来说，那就是塔西提，这个大西洋中的原始岛屿。在那里，他抛开文明社会的纷纷扰扰，融入大自然美丽的色彩和舒缓有序的节奏之中，碧海蓝天之下，自由地呼吸和伸展，与当地土著欢乐和谐地共处，如此地度过他天堂般的12年。

天堂的生活是人人渴望的，但高更不顾一切地做到了，践行了。这一切如同翻版，也烙在了他的绘画中。不了解塔西提，就不了解高更的绘画。读过他的塔西提手记，再回望他的那些大色块堆叠的作品，感觉就会截然不同。貌似的粗糙，或许更接近生活的原貌，更接近艺术家的心灵——艺术不全是架空于生活之上的，艺术也不全是经过雕琢的精致品，太过精巧的艺术，从来就缺乏一种真诚的态度。他笔下健硕的女人、裸体的男人，花草、树木、森林、小鸟和河流，都是大自然本色的呈现，就像那里的人们自给自足，自生自灭，有欢乐也有忧伤，应有尽有，但单纯自然，热烈明快，这一切于冥冥中感应着画家，使拥有相同品性的画家乐不思蜀。反映在他的绘画中，便成了大胆的色块、粗犷的笔触和棱角分明的线条。那不加掩饰的绚烂

▶《高更自画像》
保罗·高更，法国后印象派画家、雕塑家、陶艺家及版画家，现代艺术奠基人之一。

31

▲《甜美的梦》

高更在塔西提生活了 12 年，完全融入当地美丽的自然中。《甜美的梦》表现的是土著女孩的梦想，也是他的理想。

色彩是塔西提岛独有的，也是高更心中独有的美好世界。因缘的契合，使得世界上只有高更画出了那样的色彩和心情。无论挂在哪一个博物馆里，无论和谁的画挂在一起，一眼便能展示出"高更"的符号，奔放不羁，为所欲为。"我得尽快把欢乐尽情地洒满我的画布。"在塔西提，画家情不自禁。

作为观者的我们，无论理解，还是不理解，高更只能如此表达。

没有人为我们规定生命的形式，人生，原本存在着无限的可能，这样，还是那样，有时但看我们自己如何选择。高更选择了他自己与众不同的人生，他的作品并非为所有人欣赏、理解和称道，抛妻弃子走向蛮荒的选择也曾引起世人的非议和嫌恶，但我认为书的最后"附录"中的一段文字是中肯宽厚的——"他是一个个性的画家，一个绘画的人，应该有自己独立的认识和见解，后人也许不应该用自己的任何观点来形容他。色彩、构成、语言、寓意，他有他的认识表达。作为一个忠实的艺术工作者，他为艺术殿堂增持了光芒，为后人留下了宝贵的艺术理念。"正如画家自己所说："我已失去时间与终点、善与恶的观念，一切都是美的，一切都是善的。我只想画画，做一个自由人，一位艺术家而已。"

回到艺术，或许是他最恰当的归宿。

书中配有许多高更的彩色油画插图，《我们从哪里来？我们是什么？我们要到哪里去？》《玛利亚》《沐浴女子》《你嫉妒吗》《魔咒》《市集》《神的日子》《甜美的梦》《神秘之水》《芳香的土地》，等等，寄托着高更的信仰和理想，也给书增色。

2016 年 9 月 20 日早，清华附中咖啡馆

莫奈：在创造中永生

——读《蒋勋破解莫奈之美》①

在这本书里，蒋勋带读者领略莫奈的光影世界。

我对莫奈的认识有一个过程，从"知道"到"了解"，从"看到"到"吸引"，从"麻木"到"感应"，经过了许多年，如今在一点点地进入。如同我们对于人生的理解日渐深刻，不同形式的常识与感悟，日渐贯通，生命无时不在呈现着崭新的内容，而这无疑是一件美的事。

看到他夕阳光影笼罩下的《吉维尼的干草堆》，我的头脑中只有一个字：美！我也想画，想沉浸于艺术这

▲《莫奈自画像》
奥斯卡·克劳德·莫奈，法国印象派代表人物和创始人之一，代表作有《日出印象》、《撑伞的卡蜜儿》、睡莲系列等。

---

① 蒋勋：《蒋勋破解莫奈之美》，北京联合出版公司，2015年版。

肃穆的氛围里。还有他《垂柳》中那一抹透着光亮的明黄，对我亦是一种引诱，勾引我急切地想要画画。看到他《草地午餐》枝叶上斑驳的阳光，我顺手记下：这树的光点，我是否可以借鉴？下次试一个。那一刻，我仿佛感觉到生命中有很多的东西急切地想要释放，文字、绘画皆是一种示现吗？我将必然地融入。有时候，真的幸福于自己突如其来的顿悟。

《撑伞的卡蜜儿》，我在美国国家美术馆看到过，这个美好的女子在莫奈的画里反复出现。这本书里还附了莫奈的两幅《撑伞的苏珊》，同样的地点，同样的物象，虽然已是物是人非——苏珊是爱妻卡蜜儿死后他第二任妻子的女儿，但画面里依然流露着强烈的感情，背景在画家的笔下变成了温暖的黄色，其中一幅苏珊的面孔也被画家处理得十分模糊，分辨不清那是苏珊还是卡蜜儿——那是画家无言而刻骨的怀念吗？他的生命、生活，的确都倾注在了他的画布上。《卡蜜儿之死》记录了画家狂乱、悲痛的心情和他对于爱妻的最后记忆。这个女子不仅是他的妻子，还是他毕生最忠贞的模特，陪着画家度过了许多重要的时刻。蒋勋说："一般人容易看到被夸张的艺术家对模特儿的浪漫爱情，然而，

▲《日出印象》

从莫奈的成名作《日出印象》中，诞生了一个崭新的画派——印象派。

卡蜜儿却能让我们看到模特对画家的爱，安静深沉，不喧哗，不嚣张，充满内心的包容。"在卡蜜儿之后，莫奈的作品便鲜有人物出现了，大自然成了他永久的寄托。他"与自然对话，与自然相处"，追逐着光影直到生命的最后一刻。

他的成名作《日出印象》恰恰是那个时代的一件落选的作品，然而天赋的力量不可阻挡，正是从这里，从这幅落选了的画作，诞生了一个崭新的画派——印象派，它带着一种新生的力量聚拢了不甘束缚的同道脱颖而出，继而影响了法国和整个的美术界。回想昔日保守派媒体评论家的大肆讽刺，他们侮辱一个年轻的画家"不认真学习古典的技巧，只会胡乱涂抹印象"，我们是否会联想到今日中国画面临的困境？今日的中国画又该如何正视自我的突破与新生呢？艺术——无论是东方还是西方的艺术，最核心的价值是什么？艺术是可以完全交付于技术和技巧的吗？千篇一律的临摹和构制真的有出路吗？蒋勋说："最好的美术，并不是外在形式技术的卖弄，莫奈的美学是生命深沉的领悟。"是的，最好的美术不是美术，是生命自然的挥发与流淌。在他看来，莫奈的干草堆和鲁昂大教堂并无差别，两个系列放到一起，他看到的是佛经对物体成、住、坏、空的领悟。每一个生命都是不同的，每一件艺术品亦不可重复，每一件，都带着"那一刻"不可再生的光影和气息。于偶然的契机里受到启发，我的涂抹，也在一点点地接近本性。当然，在外界的评说里可能会出现无数种的感觉，你只须认定你自己的感觉，像莫奈那样，听候自我心灵光影的召唤。

莫奈和印象派的其他画家一起，反叛延续了若干个世纪的室内作画的传统，他将画架移向河边、树下、公园、船上，他让我们看到明丽的阳光，看到塞纳河边富有活力的景致，看到美丽的圣亚德斯海滩，看到平静的阿让特港，看到公园里欢快午餐的男女，看到吉维尼静静绽放的睡莲和日本桥……看着画家笔下生机盎然的大自然和驻留着欢喜的人物光影，看到那一个个动人的时刻跨越了百年时空与我们相见，难道我们不应该感谢他作为一个具有开创精神的艺术家的创造吗？当然，除此之外，蒋勋有他自己的解读，他说："莫奈看到光、追逐光、描绘光，但更重要的是他在户外的光里看到了一个新兴城市阶级的出现，年轻、自由、解放、优雅。他要讴歌这个美好的时代。"

但无论如何，"他的绘画世界永远晴朗明亮"。墨守成规没有出路，回到自我独一无二的轨道，我们才有可能飞奔。

和众多的大师一样，成为大师的莫奈并没有被身上的光环、大师的名衔和外界的褒奖限制和束缚住，他迷恋的只有绘画，他的欢乐来自绘画本身，他像凡·高和毕加索那样，就是为绘画而来，生命不息，作画不止。

在80岁高龄的时候，莫奈患上了白内障，这对于一个画家来讲是极为残酷的，就像贝多芬的失聪。然而，艺术仿佛是他们焦灼的责任和不容推卸的使命，失聪的贝多芬在极度的痛苦和几度挣扎中依然创作出了伟大的乐章，一度失明的老画家莫奈也曾凭借记忆和天赋的感觉在艰难中摸索，画出生命最绚丽的交响。蒋勋说，艺术家在被判"视觉死刑"的刹那，心灵的眼睛被开启了，他看到了世俗的眼睛看不到的神界之光。受神指引的孩子都能看见神的光，无须追寻。他生命中最后的一幅画作——《四季睡莲》，使我感受到了出奇的静美、和谐与安然——那是一种不易抵达和超越的境界，被蒋勋称为那是"86 岁的画家带给世人的最后一首诗"，深富震撼力的一首诗。

很开心从蒋勋这里分享到有关"美"的经验，因为他和我一样，是一个将美视为信仰的人。他说："美其实是记忆的坚持与永续，记忆不可抹杀，记忆能一点一滴累积就是美。"但美不是附庸风雅，不是效仿和膜拜，美是创造，是一种附着了生命激情和能量的独一无二、不可仿制的创造。莫奈为我们做出了榜样。

达·芬奇：由极致到完美

——读《达·芬奇艺术与生活笔记》

黄永玉在他的《沿着塞纳河到翡冷翠》一书中称文艺复兴三巨头里只有达·芬奇是天才，是"自有绘画以来毫无怀疑的全世界'第一好'的画家"，"具备了一切人的完美实质"。天才自有天才的特质，这本《达·芬奇艺术与生活笔记》里的达·芬奇睿智机警，所记虽然零碎，却透着艺术家逼人的坚定和执着。

在一切艺术之中，他坚信绘画是最完美最高贵的艺术，他用科学的、可以实证的方法不遗余力地去证明诗歌不如

① 达·芬奇：《达·芬奇艺术与生活笔记》，光明日报出版社2012年版。

▲《达·芬奇自画像》
达·芬奇，意大利文艺复兴三杰之一，代表作有《蒙娜丽莎》《最后的晚餐》《岩间圣母》等。

绘画，音乐不如绘画，雕塑不如绘画，哲学不如绘画，连他敬仰的数学也不如绘画。数学可以传授，文学可以复制，音乐无法驻留，唯有绘画"独守高贵之身"，"对绘画横加指责者都是些没眼光的人"。他捍卫绘画，反击外界对于绘画的一切攻击。诗人称绘画是哑了的诗歌，他就反唇相讥说诗歌是瞎了的绘画。因视觉在他看来是第一重要、第一高贵的感觉，听觉次之，他证明绘画优于诗歌。在他看来，诗人总要借助其他科学来表达自己，"无非是货品的搬运工"，而其他科学却需利用绘画，因此，"绘画科学的精髓遍及所有作品、人以及神明"，必然高出一等。"绘画必然居于其他各类艺术之上，因为它包含了自然存在和不存在的各种形态，与只涉及声音的音乐相比，它理应享受更多的荣耀和赞美。"

他在书中常以自问自答的方式假想两派的对话，"诗人的回答是……""我们的回答是……""如果你们说"绘画怎么怎么样，那音乐同样怎么怎么样，"如果你们说"雕塑怎么怎么样，那么绘画同样怎么怎么样，而绘画更优于音乐和雕塑，具备二者不具备的诸多优势。他罗列了雕塑的无色彩、无纵深感、"糟蹋大理石"、创作范围狭窄等诸多"与生俱来的劣势"，来证明"在才能、艺术技巧及原理方面，雕塑根本无法与绘画媲美"，"雕塑轻而易举证明了绘画是一件非凡的事情"。

这捍卫是感人的，只有深爱，方能如此。

在他谈及"哑了的诗歌"和"瞎了的绘画"时，我联想到中国人的伟大创造——中国画，中国画的题款将诗人的情思和画家的视觉美感巧妙地融合在一起，是否可以解决达·芬奇时代的困惑和辩争呢？当然这是题外话。

大师之所以成为大师，一定是有着别人无法模仿和追随的特质，达·芬奇自信在解剖学、透视学、几何学、绘画技法，乃至耐心和勤奋方面都表现出不凡之举。在论解剖时，他说："我身上是否具备这些品质，我所创作的 120 幅草图自会作出裁断。既非贪得无厌，也非疏忽大意，只是时间会阻止我在这些方面的进展。再见吧。"我禁不住在旁边批注：人生有限，真该给他延长生命。老天给予他与常人一样的生命长度真是有负于他。如译者所说：他渴望超越自我，获得普遍知识的热切期盼刺激着他，使他不断求索，近乎无所不能。然而，他也知道无限是不可能获得的，"因为如果可能的话，它就变成有限了"。他注重科学和技巧，信赖经验和证明，却不为技巧羁绊，他说："卓越的艺术家不会竭力追求技巧的花哨，而更注重学问的精深，他不会让贪婪盖过荣耀。"

这是在他取得举世瞩目的外部荣耀之前的内在荣耀。达·芬奇，天生就是为了绘画，为了荣耀。

在书中，他给学画的年轻人以有益的建议，而他的建议又不是一般的年轻人能够轻易做到的。针对研习过程，他说："年轻人应当首先学习透视法，然后是具体物体的测量法，再接下来，他应当效仿一些出色的大师，将优秀绘画的风格烂熟于心，然后效法自然，确认自己所学的理论，然后他应当对各类大师的作品研习一段时间，最后才是进行不断实践，创作自己的艺术作品。"他又说："数学，诸如那些与绘画息息相关的数学，是画家必不可少的，同时，与画家的研究格格不入的同伴应拒之门外。他的大脑必须什么都玩得转，对所遇到的各种物体都敏感，并且不能分心……他的头脑应该像镜面，所反映的物体有多少颜色，就应该呈现多少颜色；他的同伴应该采用同样的研究方式，如果找不到这样的同伴，那他应当离群索居，独自思索。"看到这里我的头脑里冒出一句话：您以为所有人都像您一样具有天才的头脑吗？

他告诫画家要师法自然，说除了感知自然并把它存于头脑中，别无他途，这和中国画的强调写生是无二致的。正如世界上没有两片相同的树叶，他强调事物的千差万别和多样性，强调画家的观察要细致入微。这方面他的记录是详细的，比如人物的画像和描绘要获得富有表现力的效果，就要以一种"观者易于辨识他们内心意图的方式呈现"，要深入人物的心灵，而该意图借由他们的姿势表现。对于老男人，他说应该描绘他们无精打采的迟缓举止，他们站定时，膝盖却还直不起来，他们双脚岔开，驼着背，头向前倾，手臂只能微微伸展；对于小孩子，要描绘他们坐着的时候扭来扭去，一刻不得消停，站立时，显得腼腆而局促不安，等等。对于景物的表现，他也列举了具体的方法，比如写到对夜晚的描绘要借助火，"最接近火的物体可能会染上火的颜色，因为最接近火的物体会最大限度地融入火的本性之中……朦胧夜色之下，显得昏暗，绯红火光之下，则显得明亮，在一旁的人则半是黑暗半是泛红，那些火边上的人，清晰可见，完全被火光照亮，与黑色背景形成对照。至于他们的动

▲《蒙娜丽莎》（复制品）

《蒙娜丽莎》以登峰造极的艺术表现力，为达·芬奇带来举世瞩目的荣耀。

作，那些靠近火的人会用双手和外衣遮盖自己，以避开灼人的热，他们偏过脸去，仿佛像要逃跑一样；而那些离火较远的人呢……"他的叙述很有画面感，今天的画家和学画的年轻人读一读也必定会很受益。

崇尚科学的他，在科学方面也给了我们很多的启发，而在科学之中，他又独尊数学。他说："不经过数学论证，人的任何经验都无法被称之为真正的科学。"甚至连鸟都是"一种按照数学定律运转的器具"。同时他又向世人抛了一把解读他作品的钥匙，他说："不是数学家，读不懂我作品中的原理。"

他涉及科学的论述充满了哲理和启示。当他说到运动是万物之母时说，空气像是一口井，重物掉进了这口井，它就会在这口井的中间保持静止，如果推动它的力量非常强的话，那可能需要好几百年才能让它静止下来。我联想到人与人的关系和互动，以及缘分亦是如此。当他说到"所有离开他们天然场所的要素都希望回到原初之地"，我联想到：人亦如此，需要回归，必将回归，返璞归真；当他谈及月球有其自身特性，"仍然是它所包含的要素水、气和火的中心，就像地球容纳它的元素，成为空间的一部分，并保持自身所在的位置一样"时，我联想到人也有成为自己的独特的内核和特性；当他说到"地球一直像月球一样发光，但随着水元素的减少，地球已经失去了原来拥有的很大一部分光辉"时，让我联想到今天地球和环境面临的日益严重的危机；当他说虚无只存在于时间和言辞中，"在时间上，虚无居于过去与未来，而一点都不居于现在，究其本质，它归属于那些不可能的事物"时，我联想到活在当下，唯有当下具体可触，真实不虚……

这是一个太过睿智的头脑，他试图证明世间的所有事，包括精神是否有形，虚无是否存在。在证明精神是与身体结合的力量时，在那些复杂的逻辑和推理过程中我被绕晕了，我被他的科学精神折服了，只在旁边空白处留下一行字："据说逻辑的头脑是聪明的头脑"，面对他的聪明，我只有敬佩的份儿。

毕沙罗：自信自知，乐观坚定

——读《毕沙罗艺术书简》①

▲《毕沙罗自画像》

卡米尔·毕沙罗是法国印象派大师，是唯一一个参加了印象派所有8次展览的画家。代表作有《农妇》《埃拉尼的艺术家花园》等。

首次接触毕沙罗是2016年夏在美国国家美术馆。相对于凡·高的热烈和其他艺术家的变形与夸张，毕沙罗的作品透着某种平实、素朴的气质，给我留下了平静、和谐的印象，均衡的构图、愉悦的色彩和平和的心绪中散发着某种温暖、幸福的气息。站在画前，总感觉这是一个平静、和谐、身心健康的人。

画家的书信，能否佐证这种印象呢？

这本近500页的书信除了四封短信是给其侄女埃斯特、一两封是给他另外几个孩子的之外，其余全部是写给他最爱的长子、他一手栽培的画家吕西安的。在信中，

---

① 毕沙罗著，罗威译：《毕沙罗艺术书简》，金城出版社2013年版。

▲《谈话》

毕沙罗的《谈话》在 1882 年的第七届印象派画展上展出，
描绘了蓬图瓦兹亲切的农家日常。

毕沙罗以百分之九十的篇幅和儿子谈艺术、谈绘画，信中的他是父亲，是家人，是同行，也是朋友，恳谈中展现了一个时代的风貌，也展现了画家个人的性格、信仰、艺术理念和家庭关系，让我们看到莫奈、马奈、塞尚、德加、雷诺阿、凡·高、莫里索等印象派大师如在眼前的过往。

和谐，由生活和性情造就

在信中，我看到毕沙罗确实过着平静、和谐的生活。早年他娶女佣为妻虽然遭到家族的强烈反对和遗弃，但意志笃定的他与妻子朱丽，以及他的几个孩子在四海漂泊中，依然过着幸福满足的生活。

他早期的书信中常常不乏诗情画意的描述："鲁昂远处有塞纳河的景色在画前展开，平静如鉴的水面、阳光明媚的斜坡、灿烂的前景，太迷人了。""我非常清楚地记得那些五颜六色的房子，以及那时候产生的中止旅行并画些有趣的习作的愿望……去寻找那些带着华丽灿烂如彩虹般的羽毛的、哼着悦耳纯粹的歌声的稀有的鸟儿。"在信中，还能看到画家于悠闲之时读些文学作品，以滋养身心，颐养性情。他和儿子讨论《羊脂球》《保尔与维吉妮》。他还对儿子说："左拉的作品内容过于逼真，不过我承认它们与艺术作品一样优异。"

很多时候他和妻儿几地分居，但家庭始终是他的精神轴心和心灵依托，回到家中作画，始终是他温暖的愿望。1886年2月5日，时在巴黎的毕沙罗写信对吕西安说："我唯一的乐趣就是在埃尼拉同你们一起，安静地构思绘画。当然喽！这将太美好了！"9年后的1895年，当子女长大成人奔向远方，他还有些不大适应，在这一年的秋天，他在埃尼拉的家中写信给吕西安："最使我痛苦的是看到整个家庭渐渐支离破碎。宝贝离开了，鲁道夫也快离开了！你会发现我们两个老人整个冬天待在偌大的房子里孤单吗？如此令人不愉快……他们说，这会使人创作。我不同意。虽然我不喜欢那些在你作画时干扰你的人，但与世隔绝没给我任何作画的热情。"

在信中，他常常呼唤儿子回来和自己同住，一起作画、探讨，一起看画展。1891年6月28日他写信给吕西安："如果你可以和我们一起度假——那就完美了。我们所有人很想相互倾诉。"1902年4月1日他写信给儿子："最重要的是你来跟我们待上一段时间，要是精神上和我们保持联系该多好。"偶尔吕西安也会响应父亲的邀约携家带口从伦敦归来，与他同住几日，享受爷孙三代相聚的欢乐。当儿子一家离开后，毕沙罗还多有留恋，写信说："你离开后，这座房子看起来完全不同了。没有任何事物能像小孩那样给人生命的感觉。"

他画中的和谐与稳定想必就来自这天然的性情和生活的造就吧。

困顿，然而乐观坚定

画家并非没有困难和波折。和那个时代的很多印象派画家一样，很长一段时间里他的画并未得到时人的认可，有时还会遭到画商的算计和打压，黑暗中他被生活所迫，被金钱困扰，在朝不保夕的时运下艰难度日，迫不得已时亦不得不违背本性、难为自己，迎合画商与之周旋。

在给吕西安的信中，他时常诉说困苦中妻子的担心、焦虑与抱怨，嘱托儿子安慰母亲，让她等等，再等等，自己正在想办法。"你母亲一定在生我的气，但事实是我不停地跟在画商屁股后面，没有浪费一个机会……她不知道我有多窘迫……告诉你母亲，不要太不耐烦了，如果她能等得久一点，我们脱离困境的时候一定会来临。"他对儿子说，"和你母亲聊聊天，试着让她不要过于担心，鼓励她耐心地等久一点点。"他知道，"我们不能这么贫困下去"，"等待糟糕的一月过去的期间，如果我们能处理掉这些画，就可以得到一些钱。"但时间过去，画家回馈的信息常常是："我仍然不能解开我的束缚，我承受着不能使你母亲更快乐的糟糕负担……运气不佳！""刮风，下雨，没有一分钱……今年非常糟糕。"那些信透露着他的窘迫："我们现在缺钱，非常缺。""我想给你写信到现在已经三天，但我连三分钱邮费都没有。""告诉你母亲，我非常关心房租之类，我撕破头皮地想找到解决方法。今天我要找到海曼。

谁能让我摆脱这些？我明天不去德·贝利奥那里。付不起印象派画家晚宴的钱，也不想接受邀请。"

万般困顿之时，他不得不将画商杜兰德－鲁埃尔和提奥·凡·高当作救命稻草，在等米下锅的妻子的催促下，他盼望自己的画能够经画商的手卖出去。他焦急等待着好消息，然而多数等来的是失望。提奥·凡·高偶尔还能说服收藏家，卖出一两幅画以解他的燃眉之急，而在杜兰德－鲁埃尔的画廊里，他的画常常是挂了一两年也无人问津，带给画家的，只有愁苦、徘徊和无处求告。

1887 年 9 月 24 日，提奥·凡·高友善地帮他做成了一笔交易，给他夹寄了 800 法郎，这对于毕沙罗来说，实在是解救他于水深火热之中，他在信中对吕西安说："你母亲平静了一点，所以我能静下心来画些油画。"虽然提奥反馈给毕沙罗的消息也时常是"收藏家们甚至对最美丽的作品都不感兴趣"，但善良的画商提奥仍像当年资助自己的哥哥文森特·凡·高一样，尽自己所能帮助毕沙罗卖画。他是在其他画商卖不出，或刻意压价回旋的时候唯一能给予毕沙罗一线希望的画商。

然而没过多久，提奥因哥哥文森特·凡·高自杀而过度悲痛，追随哥哥到了另一个世界一去不返了，毕沙罗又陷入杜兰德无形的控制之下，仍然举步维艰。1893 年 2 月 7 日，他在给吕西安的信末有一小段给妻子的附言，他对妻子朱丽说："我明天会拿到钱，如你所期望的，我会给你寄一小笔钱。直到明天再见到你。"挣钱，是那些时日里画家不得不面对的沉重目标。

贫贱夫妻百事哀，终日为钱愁苦的毕沙罗有时亦免不了陷入与妻子的争吵，但画家始终是乐观坚定的，因为他有自己不变的信仰和方向。1887年8月25日他写信给吕西安："这是我们的状况：黑暗、怀疑、吵架，而伴随着这些，有人还必须创作出和那些同时期作品相媲美的画作。必须有人创造艺术，没有艺术，一切都完了。所以，亲爱的吕西安，我加强自身以抵抗风暴，努力不成为失败者。"他自我激励说，"这些事情一点都没有使我气馁，我以前便经历过这样的困境，但你母亲不能把握自己。她不停地沮丧……我不想火上浇油，没让你母亲知道便写下了这封信。我绝不和你一样悲观。"

在最困难的时候，他也不曾灰心和绝望。1887年，他在写给儿子的信中说："让你母亲别担心，这段困难期会结束的。"1894年他写道："毋庸置疑，现在的状况是痛苦的，但并非无法挽救，不需要绝望。归根结底，这是因为我发现自己两手空空时还决定不屈服。"黑暗中，他总能看到希望，1894年11月4日他对儿子说："我没有天大的好消息告诉你——毫无希望的穷困，也不会有一线生机出现。"但在信末，他依然不忘加上一句："值得开心的是，尽管非常难过，我们所有人都非常健康。"

在最困顿的时候，他也没有丧失应有的东西，比如自由、教养。在1887年1月23日的信中，他对吕西安说："我会卖掉那些蜡笔画，但不卖那幅德加送给我做礼物的素描，或用作交换我一幅画的交易品。那样做是没教养的。"面对杜兰德－埃鲁尔的垄断，他说：

"这不会阻止我以后卖画给他，但我相信有必要以某种方式表明，即使牵涉一些牺牲，我也想要自由。"

"艺术家的脑子里应该只有理想"

画家对于金钱的概念终是淡泊的。

他不但"视金钱如粪土"，而且他还看到了金钱对艺术的危害："真正有能力的无赖都积累了财富，但他们会像云一般消逝。""他们只欣赏容易销售的作品，这扼杀了法国艺术。"

他说："艺术家的脑子里应该只有理想"。

他恨不得将他的每一分每一秒都用于艺术创作，他常常在信中说："我没有浪费自己的时间。""我大部分时间都在画室里作画。""我同时从事十幅画的创作……尽全力地创作。""希望没有任何事情可以妨碍我作画。"有时他有意地提醒自己作画，以抵制懒惰，防止懈怠，保持对艺术的敏感："我非常高兴能呼吸这里的空气，看见青草地和花朵。我已经开始作画，以免丧失绘画的习性。"即使时局动荡，即使安全遭到威胁，即使在"法国真的病了"的时候，他也常常不为所扰，尽可能地以平静的心态投入到绘画中。1898年，画家在卢浮宫酒店写信给儿子："尽管巴黎事件非同小可，尽管产生许多焦虑，我也必须像没事发生一样在窗边作画。"

毕沙罗视艺术为生命。1883年11月20日他在鲁昂写信给吕西安："伦敦把我贬到最低级的批评并没有使我惊讶……作为艺术

▲《夏天的隐士院，蓬图瓦兹》

蓬图瓦兹是毕沙罗长期居住的地方之一，他曾画下这里的四季风景，
《夏天的隐士院，蓬图瓦兹》是其中之一。

基础的绘画，使我心醉。这是我的生命。世界上还能有什么别的东西是更重要的呢？当你把所有的灵魂都倾入一幅作品中，即把身上一切高尚的东西都投入进去，你不会找不到一个理解你的、同你有血缘关系的灵魂，并且你是不需要许多这样的情绪的。这难道不是一个艺术家期待的一切吗？"

虽然有时他不得不稍作妥协，作生存之计，但他始终未曾丢弃理想。艺术与商业不总是同步向前的，或者说，艺术与商业步调总是不一的，而引领风潮的艺术家总是走在时代的前面。毕沙罗看到了迎合商业的作品生命的短暂，他预感到这些作品"获得成功便被遗弃"的命运，因此他总是努力地去规避它。

在儿子懈怠或气馁之时，他也常常鼓励儿子。在儿子学画时，他鼓励儿子坚持；当儿子胆怯时，他鼓励儿子到户外写生，希望儿子"不要宽恕因对公众场合自由作画的担心而产生的软弱"。当儿子在伦敦表现出沮丧，他在震惊的同时言辞急切地告诫儿子："我写信给你，仅仅是为了警告你，你被迫说了错话！如果你已经丧气，你在伦敦不会实现任何事情。你必须马上明白，尽管如此，你必须确信到最后会获得成功，没有这个信念，就没有希望！"他以长者的经验教导儿子：不仅仅在英格兰是艰难的，在哪里都是艰难的！要走适合自己的道路并坚定地走下去，"创作、观察和感觉才是真正唯一的力量"。当他发现儿子自卑迷失自我之时，他以坚定的语气给儿子增加力量，并指出具体的问题和方向："我现在希望你回到伦敦找到自我，你能精力充沛地专心画习作，自由地释放你的感觉……你的问题是如何发现一个恰当的技巧来表达你的精神。不要允许自己气馁。"工作，追求，不要被其他焦虑过多地占据，一切始终会来。"

即使在无比艰难的境遇下，他也力所能及地资助儿子，迫不得已时背着妻子给儿子寄钱——那是一颗爱子之心，更是一颗爱艺术之心。1896 年 9 月 5 日他写信对儿子说：你母亲坚持我不应该每月给你 300 法郎，我不想再跟她因钱的事争吵，她没有意识到一个艺术初学者的困难，也没有意识到如果一个人想去做，就能找到自己的位置。你必须在你的领域内成功，取得一个好的地位，所以，就我而言，我竭尽全力不出声地给你寄 300 法郎。我还会通过其他方式给你寄钱，这依靠于条件，但无论如何我都会寄的，"不诚实是令人不高兴的，但可恶的是，不这样不行——这是避免争吵的仅有的方式"。1898 年 9 月 9 日，毕沙罗自鲁昂写给儿子的信只有一句："亲爱的吕西安，只是写一句话让你知道，我刚写信给杜兰德－鲁埃尔了，让他给你寄 500 法郎买印刷机。"

有了理想和信仰，画家终是不被束缚的。1886 年 1 月，他在巴黎写信给吕西安："告诉你母亲，我需要我所有的力量和意志来坚守阵地，即使不够强大，但在艺术抗争中，那至关重要的斗争最后会成功使我们逃脱困境。"在困顿之时他也无法容忍将自身交付于违心之事，他一次一次地鼓励儿子："没必要气馁，我们必须使自己列入无可争辩的名册，如果有争议，那是天赋的问题。"他对儿子说："要明白，我们的角色是非常简单的，我们必须自立自强！

我们有变强的潜质。"他不停地探索，不停地尝试，不停地实验，"任何事情都不能阻止我们进行尝试"。

无疑，毕沙罗是个不懈坚持的人，对绘画有着执着的热爱。这份执着甚至影响到孩子们的就业，他支持他的孩子从事艺术相关的工作。当他的一个孩子不幸染病离世时，他甚至本能地以艺术的方式表达他的怀念和内心的悲伤。在信中他忍住悲伤，安慰长子吕西安："好吧，亲爱的吕西安，让我们作画，那会掩饰我们的伤。我希望你变得有力，可以这么说，我想你自己完全集中注意力于艺术。这不会妨碍我们记得这位优秀、高尚、精微和细腻的艺术家，不会妨碍我们一直爱他。"他说，"我在保存他画的最后的作品，它们相当优秀……他是个画家！"在另一封信中，他表达了自己的忧愁："因为我尽最大努力不要唤起我们的悲伤，你母亲认为我是一个缺少情感、对那个可怜的孩子没感情的坏父亲。每个人感受方式不一样，乔治斯和我通过整理蒂蒂的素描和油画，感觉如同和他在一起，当发现他是如此细腻的一个画家时，我们感受到他不在了。"

错位，但自信自知

和生前只卖出过一幅画、毕生在贫困中挣扎的文森特·凡·高一样，毕沙罗与时代亦有着严重的错位。他自认为严肃、完整的作品常常被当作粗俗之物，他越是钟爱的作品越是卖不出去，在绘画市场上他备受冷落和嘲弄。直到1903年9月8日，他写给儿子的信仍然是："我在画展上没有运气：在柏林分享派画展上，我展出的三幅肖像画都没卖出去；在马孔，我有一整个系列的画作——一幅都没卖出去；在迪耶普，我展出了一些巴黎国王桥的风景画——一幅都没卖出去；在博韦，我展出了我的《开花的苹果树》（Apple Trees in Bloom）——没卖出去……获得很多成功的画家是最平庸且没有任何名气的人。这不令我惊奇，学习如何观赏画作并不那么容易。"同年9月22日，他在信中说："我发现我们不能被理解——相当不能——甚至我们的朋友都不能理解。"

但他始终自知、自信，不为所扰。"我不受收藏家欢迎。我不知道他们为什么如此恐惧，我的画真的不是次品。"他说，"我有农民的性格，我忧郁，严厉、野蛮体现在我的作品中，从长远而言，我只是期望取悦那些嗜好谷物的人。但过客的眼睛过于匆忙，只看到了表面。行走匆匆的人们不会为我停留。"他看到了时代的愚蠢，在连遭打击的情况下他也怀疑自己："有些时候，我会自问是否真的有才华……实际上，我经常怀疑这事。那么我的作品缺少什么，或者又过度拥有什么？"但紧接着他又恢复了自信："不，他们不理解我们，他们看不见隐藏的意义，看不见艺术作品神秘的美感。得花二十年开启被蒙蔽的双眼。"

这不只是他个人的遭遇，他看到整个时代的欣赏水准都有待提高。当米勒的《晚祷》在观众中引起强烈反响，卖出"五十万法郎都拒卖"的价格时，毕沙罗以一个艺术家的眼光看到的却是悲哀，他认为米勒"最蹩脚的一幅画"在众多俗人中产生强烈的反响是件不可思议的事，令他遗憾的是人们只看到艺术微不足道的一面，而没有意识到"米勒所有的价值存在于他的素描"。

价格与价值，有时真的无法等量齐观，毕沙罗悲愤地看到，在画商和画家的联手操作下，糟糕的作品时常卖出奇高的价格，而这些行为对个人有益，对艺术却是悲哀，"你听说过这样的事情吗？真的，真挚、漂亮的作品不受人喜欢。"他对儿子说。

借由技法，达自由之境

在信中，他陈述自己的艺术理念，并给予了儿子很多教益。他悉心关注儿子的每一点进步，在表扬、鼓励、赞赏的同时，每每又都指出他的不足，给他清晰的提醒和帮助，这些忠告或关乎技法，或关乎理念，或关乎选择，或关乎态度，可以说，吕西安是在父亲手把手的教导中成长起来的画家吕西安。

他努力传达一些绘画的理念给儿子，使儿子在头脑中建立自己的观念："你必须习惯于在瞬间的闪光中看到整体效果，而且马上说出它的特征，你还要不断地提高自己，认真处理有固定轮廓的较大的实物，就像你开始画的一样。画每一件事物、画一切东西，是有好处的。如果训练到自己能看见一棵真正的树，你就知道怎么看出人体。"同时他给出具体的意见和建议："你可以给它更多的柔和感，并让颜色相互渗透。"他提醒儿子不要模仿自己："乍一看，我感觉你和我的风格过于接近，你应该尝试一种不同的技巧，并留意一些明暗。总之，你的着色还欠点火候。"他指出优秀作品的美中不足，鼓励儿子力求完美："使人愉悦的是，这幅画真的优秀而纯粹，价值超出我的预想。如果你把画作内在处理得同样好，这幅画将更伟大。试着变化多种雕刻面来避免单调，不要忘记木版的坚固和轮廓的多样化。明白吗？"谈及线条，他说："不要为画出技巧的线条而努力，要为画出能勾勒出外貌的简单、本质的线条而努力。比起趋向美化，要更趋向漫画化。"

他鼓励儿子探索自己的风格，朝着与自己气质相符的方向发力。他提醒吕西安："在为雕刻作品画素描的过程中，要避免过于瘦长的人物，这样的人物看起来虚假。"必要时他还给儿子作示范："给你寄三种类型的带草图的素描，这会在你需要试样时有用。"他幻想儿子在他的身边作画，时时给予他指导，虽然这不现实。他鼓励儿子思考，"只有当一个人彻底理解画的含义的时候，他才会进步。"有时他通过点评他人的作品向儿子传授技巧和技法，使儿子受益，说起吉约曼的一幅作品，他说："他的作品比以前更暗，这是当然的——你的色调越浓，色彩就越暗。"

他不失时机地给儿子的头脑中"灌输"东西："我们不能在画室寻找那些不能找到的东西，就像在户外我们只能力求直接而自发的感觉。要记得，水彩画能帮助记忆，能使你保留最短暂的效果——水彩画很好地呈现无形的、强大的、精美的东西。而素描一直是必不可少的。"

毕沙罗知道，技巧、技法不是艺术的目的，但却是艺术通向自

▲《埃拉尼的艺术家花园》

这幅画完成于 1898 年，描绘的是明媚的阳光下，女子在自家花园劳作的美好景象。

由境界的必要手段。

杜绝模仿，坚持独创

他强调独创的重要，郑重提醒儿子不要模仿，而是"必须站在最符合你气质的艺术这边"。

在1887年1月15日的信中，他指出儿子不能正确地看到自己的作品，"因为你坚持复制——你不应该复制，应该改变，包括改变布局，只要它适合你。重画一幅作品的时候，你应该得到新的感知，你不应该盲目地复制，但可以不带内心动机地自由利用你的初稿。"他指出模仿的愚蠢和了无趣味，并对儿子说："我最害怕的是你和我过于相似。"他希望儿子探索独一无二的风格，强调唯一重要的是感觉，而感觉决定画家的风格和独创性。"可以学习不依赖一个既定的体系去作画"，他对儿子说，"艺术，正如我们看到的，不拘泥于固定的技法，独创性只依赖于画作特色和每个画家的独特视角。"

他提醒儿子力避学院模式的束缚，指出专业化是艺术的消亡："课堂只在你足够强大而不受影响的情况下才是好的。"当他得知儿子选修勒格罗的绘画课时，为使儿子免受影响，他引用德加的话提醒儿子，要"以你自己的思维，通过记忆，重画你在课堂上画的习作"。甚至他对莫奈重复自己的作品感到难以忍受，当他看到莫奈应买家的需求不断重复地创作《滑轮车》，他说："我不明白莫奈怎么能屈从于这个让他重复自己的要求——成功带来多么糟糕的后果！"

伦勃朗是他喜爱的画爱之一，他欣赏伦勃朗作品中的个性和独创性，但他对模仿者嗤之以鼻。他崇敬大师，但不愿抄袭大师："在我看来，更好的途径是通过在我们自己的环境中，追寻自己的感觉元素来追随他们的代表作。我在说废话，或许，说这些就是废话，但我坚持自己的原则。"他不明白，"坚持不懈地重复一切已经做得如此好的事，有什么好处呢？"他鄙视临摹和抄袭，说只有在法国，才能看到"画家忠诚于大师的传统，而没有剽窃它们"。

但他知道，风格当然不是一蹴而就、不请自来的，在找到自己的风格之前须做大量的练习。因此他鼓励儿子勤奋作画，提醒儿子"那丁点儿画作是不够的"，"你必须约束自己去作画。因为现在作画只是纯粹为了作画，以后当你更富技巧的时候，一旦条件成熟，你就会找到自己的风格"。他以雷诺阿为榜样激励儿子："难道雷诺阿在摔伤他右手的时候，不是用左手画出令人陶醉的画作吗？是的，你也会的。"

当进行了大量的探索之后，看到儿子的进步，他也会欣喜地给予肯定："你的作品有更多的信心和个性。这是个好的信号。""你正在进步，你已经实现了自我，非常好。你现在可以大胆尝试自己的风格探索。""在我看来，这一次你超越了你自己。"他赞赏儿子作品中质朴自然的气息，以及一种天真的信仰和谨慎的矜持："毅然向前，如果你把所有的精力都倾注于完善的作品之中，它会是独创的。"

在教导儿子的过程中，毕沙罗自己也在不断地探索、提升和成长："我应该发展一项更平滑的技术，以便可以在保留旧的野性的制作方式的同时，摆脱一些不和谐的调子。"他和儿子相互激励、熏染，言教，更有身教。他和儿子交流自己的绘画体验："我狂暴地作画，最后发现了正确的技法，这个寻找过程折磨了我一年。"有时他也审视自己的作品："我认为我所画的作品比去年的大胆。我有幸画了有玫瑰红、金黄和黑色桅杆的小船。一幅画作的着色像日本版画，恐怕不能取悦新天主教派……但至少我画了我看见的和感觉到的。"

他看不同类型的画展，尤其注重从新作品中捕捉新东西，思考、启发，或借鉴，吸收到自己的创作中来，使自己的风格和个性更加凸显。

"我们在这里指路"

他提醒儿子和批评家、画商、绅士保持距离，坚持自己的绘画主张。"为了别人的吹捧而作画是愚蠢的行为。"他说，"我不希望受这些绅士支配，而且特别反感让莱布雷先生评定我的画作，因为这已经超出了他的能力范围。""如果我们都去听那些绅士表达他们对我们的感觉，我们会手忙脚乱的。"

对于画家花钱炒作、抬高身价的行为他也颇为不齿："这位绅士得到了一篇艾伯特·沃尔夫写的关于自己的文章，肯定花了不少钱。无耻、傲慢却有影响力的批评家自然会给他与金钱等价的评价。这种声名狼藉的赞美足以让一个人投降。"他看不惯画家对批评家的无耻依赖和盲目膜拜，"你无法想象有多少画家和画商在这位先生面前颤抖。当沃尔夫进来的时候，每个人都冲过去倾听这位圣人的宣告，那些得到他的好感或有幸认识他的人，都围绕着他。他说的每一个字都像山中的回音一样被重复。这些穷画家怎么会如此堕落！真可怕。"而且利益之外，他深知并非每一个作家、记者都有欣赏艺术的眼光，因此不管评论家、画商乃至收藏家说些什么，毕沙罗都说"我知道我的方向"。他脱离收藏家、投机商和画商等"各位先生"的恐怖约束，在完全自由的状态下作画，保持对美的热爱和感觉的纯度。即使不被理解，即使备受冷落，他依然对儿子说："别让那些不理解你画作类型的人产生困扰"，"只需保持你个性的完整无缺！"即使在困顿之时，他也保持自己清醒的认知："我认为去那里且努力求得画商一个好眼色是个愚蠢的行为。"

在这一点上，毕沙罗是不妥协的。当儿子吕西安被商业迷惑，毕沙罗在1900年4月26日的信中十分果断地对他说："毫无疑问，我们不再相互理解。关于你告诉我的现代运动的事情，商业主义，等等，和我们的艺术概念没有关系……你沉浸在自然不是更好吗？我不认为我们一直在愚弄自己，并且绝大多数人应该理所当然地崇拜蒸汽机。不，一千次说不！我们在这里指路……让我们继续追寻我们相信是好的事物，谁是正确的很快就会明白。

简而言之，钱是个空洞的事物。让我们挣一点钱，因为我们不得不这么做，但不要背离我们的角色。"毕沙罗，毕竟是个了不起的艺术家。

他同政治亦保持距离，坚持艺术的独立性。当《费加罗报》的一篇文章断言无政府主义者急于使艺术服从可在所有领域发号施令的政府的方向，他评论道："多么无知，多么糟糕的信仰！"他告诫儿子："你必须把握自己，不要过于急躁，更加平和地看待事情。"在"宗教象征主义者、宗教社会主义者、理想主义艺术、神秘主义、佛教等都忙活起来"，"每个人都花费更多的时间来搞阴谋诡计，而不是创作艺术"的时代氛围下，他叮嘱儿子要清醒地认识并与之保持距离。

摒弃大师，追随自然

毕沙罗崇尚自然，这是他作品和谐基调的重要支撑。他说："最堕落的艺术是无病呻吟的。"正确的方向就是"回归自然的方向"。他说："我们必须诚恳地接近自然，带着我们的现代感觉。"

在信中，他多次用到"和谐""协调""宁静"的字眼，不难看出潜意识里他对此的追求，正如他的作品给人的感觉。他倡导中庸的艺术，在给儿子的信中，他说："我们今天从伟大的现代画家那里继承了一个普遍的概念，我们因而有一个现代艺术的传统，而我遵循这个传统，同时我们会根据个人的观点对它进行改变……相信所有中庸的艺术都几乎不受束缚于他们的时代。""我看见可以作画的非凡事物，充满新鲜感的方位，平和的效果或模糊的透明度，这是我们的先辈从未尝试过创作的。观察自然并爱上自然的画家是开心的！"

在临摹大师与师法自然之间，毕沙罗选择了后者。他对儿子说："现在普遍跟随的原则，是不自问什么是自然提供的，而去寻找前辈作品的风格。因此不可避免的，他像那些关在牢笼里的松鼠一样反复思考，没有怀疑过自然中有春天、夏天、秋天、冬天，有空气、光线、和谐、令人赞赏而无穷的精巧，而难题就是密切注意这些。事实上，他不是个画家，而是有故事要讲的文人。"他写信给埃斯特说："吕西安每一分钟都把注意力转向自然是正确的，每年都应该持续这么做，否则他不会有任何进步。更新是必不可少的。"

对于自己作品宁静、和谐的风格他是自知的，或者说，那的确就是他刻意的追求。当在信中谈及自己的《挤奶女工》《坐着的女人》和《伦敦公园，樱草花山》时，他说："我认为这些画作代表和谐性的提升。"

碍于天气、条件等原因，他也有不少作品是在画室创作的，他常常站在他的窗口，伴随冲动望着窗外的景观画开去，"从这里可以看到歌剧院大街"，从沃利路租住的公寓可以看到卢浮宫、荣军院和圣克罗蒂教堂的尖顶藏在栗子树丛后面，"非常美丽。我会画一系列优秀的画作。"他说，"我集中所有精力画百花盛开的春天，我从窗户取景作画，也会去户外作画。"提及自己的一幅创作于室内的画，他说："宁静，和谐，而我不知是什么特质能使它更具美感！"当在别人的作品中发现类似的品质他也会敏锐地捕捉并吸收过来，看到德加的画展，他写信给儿子指出缺点的同时，对其中的和谐表示赞赏："这些调子如此和谐相关，不正是我们追求的吗？"

写信谈及他的其他孩子，毕沙罗也说："我希望看到他们开始观察自然，更加聚精会神，更加满怀希望。"他希望他们能有一些"基于自然的作品"，但他同时强调，"是的，见识是必要的。"

保持热情，忠于直觉

在给儿子的信中，他谈及画家西涅克，当西涅克怀着自负夸耀自己的作品时，毕沙罗直言不讳地给他指出来："但我远无法相信，你已经找到了适合你本来的画者性情的方向。"他提醒西涅克"向接近直觉、更自由和更与你本质相一致的艺术发展的时刻是不是还没到来"。这引起了西涅克的反感。但禁锢灵感与个性毕竟是毕沙罗难以忍受的，因此他对儿子说："要是我继续在我们的信

▲《奥弗斯的一条街》
卡米尔·毕沙罗的画风始终充满着农民的质朴,村头巷尾的日
常片段浓缩了丰富的人文内涵。

中讨论这件事，我会忍不住写信给他，'让一切都去死，然后画些有生命的画作！'……西涅克想让我赞扬他勤奋作画。的确，我会想表扬他。但是他画得多失败！可怜的西涅克！没人敢告诉他真相。"为此他感到惋惜。

"你是正确的，总的来说，在你作画的时候，跟着感觉走。"他对儿子说，"每人都保持唯一有价值的东西，也就是独一无二的'感觉'！"因此他鼓励儿子忠于自己的感觉，"捍卫你的本能、你独有的品位。""碰见懂得如何平衡两种色调的真正的画家是多么难得。我想起在午夜寻找正午的哈耶，想起无论怎样都有一个好眼力的高更，想起也有过人之处的西涅克，他们或多或少都受到理论的麻痹。我也想起了塞尚的画展，展出出色的东西，难以挑剔的完成的静物，其他花费很多工夫而没有完成的画作甚至更美，风景、人体和脸部没完成但仍然壮观，像绘画般的成果丰硕……为什么？感觉在那里！"而魅力也是一种感觉，谈起塞尚他说："不为塞尚所动的人，恰恰是那些通过他们的错误展示其缺乏某种感觉的艺术家或艺术爱好者。他们正确指出了我们所有人都看见的缺点，这是一目了然的，只是魅力——他们尚未看到。"

为此，他和学院派保持距离。他教导儿子，在独立的判断之外，还要保持"明智的怀疑"。

作为一个毕生奉献于绘画的艺术家，毕沙罗知道，支持一个画家走向久远的，最重要的还是热情，他欣赏的是"热衷者"，而非"熟练的执行者"。在他看来，"那些能在其他人看不到任何东西的小地点发现美的人是幸福的。"他对吕西安说:"我在你的信中感受到你对你作品的极大热情,这是关键所在,只有这样,才能走得更远。"谈及自己的创作,他说:"我制作版画只为了兴趣,不关心怎么卖。"他同时强调,"平和以及对创作对象的热情反思,对好作品来说是必要的。"

与时代紧密联结

毕沙罗与时代不是割裂的。他勤奋作画,亦密切地关注着画坛动向,与同时代的画家保持紧密的联系,自我激励,或汲取营养。这些与儿子交心的信件,几乎成了一个时代艺术的缩影。

1883 年,雷诺阿举办画展,"获得了一次伟大的艺术成就",毕沙罗对儿子说:"在光辉之侧,我显得哀愁、乏味和暗淡。"而一切更是激励,转而他对儿子说:"好吧,我会尽全力的。"

高更在毕沙罗眼里是反艺术的,他说高更是一个"零碎东西的制造者"。他不喜欢高更。在 1891 年 5 月 13 日写给儿子的信中他谈到高更:"我们正极力与雄心勃勃的'天才人物'作斗争,他们只关心如何消灭任何挡在道路上的人。这令人厌恶。你知不知道高更为了让自己选上天才人物而表现得有多不知廉耻,处理这事有多娴熟。"1891 年 5 月 26 日,他再次谈到高更:"我很遗憾不能给你寄一篇 H. 富基耶(H.Fouquier)撰写的关于高更的文章,文章发表在星期天的《费加罗报》上。言辞夸大!一个人不缺乏才能,还很年轻，让自己沉溺于欺诈是多么错误！这种描述、这种画作都如此缺乏说服力！"

毕沙罗还曾当面表达自己的看法，他在信中说："我见到了高更，他告诉我他的艺术理论，并向我保证，年轻人会通过在遥远而野蛮的发源地补充能量，找到救赎。我告诉他，这类艺术不是他的风格，他是个文明人，因此，他的职责是给我们展示和谐的作品。我们相互不服地分别了。高更当然不是没有才能，但对他来说，找到自己的风格有多困难！他总是侵入别人的领地，他正在掠夺大洋洲的野蛮人。"在这一点上，毕沙罗的把握也许并非那么准确，高更，或许正是在"野蛮人"的那个点上找到了自己的心灵归宿，从而探索出自己的风格。当然，艺术家都是有个性的，高更不会听毕沙罗的，毕沙罗也不会听高更的。

"贝尔特·莫里索女士拥有一些出色的作品。雕刻家罗丹（Rodin）是个杰出的艺术家。德加觉得他的风格有点矫揉造作。我也是这么认为的，更确切地说，我更喜欢看到综合而非简化。"他对儿子说。展览中，他注意到莫奈一些作品的粗糙技法，看到西斯莱作品的平庸、勉强和杂乱，也看到"莫里索女士正在创作好的作品，她不先进也不落后，是个优秀的画家"。现实中他和罗丹接触，告诉儿子："我昨天和罗丹一起用午餐。他真的很有魅力。"而阅读罗丹的艺术理论，不难发现其在忠于自然、注重感觉、远离浮躁、献身艺术等方面与毕沙罗确实有着惊人的一致。

谈及莫奈，他说："尽管我知道他的错误，但我知道这个画家多有才华。"而在一次展览中，他对儿子说："我能让你相信，我不会害怕让我的作品和莫奈的一起展览。"在画廊看到莫奈的作品，他评论道："我看见莫奈的画作，很美丽，但费内翁是正确的，它们尽管是好的，但不代表高度成熟的艺术。在我而言，我同意德加经常说的，他的艺术是技艺熟练而没有深度的装饰艺术。"然而他在意并崇敬莫奈，合适的时机里，他叮嘱儿子拜访莫奈。1893年10月4日他写信对儿子说："德·贝利奥在谈及我最近的画展时说，我已经超越了莫奈，我的艺术作品更重要，我的作品已经超越了莫奈的《白杨树》（Poplar）系列。他说得极其真诚，我都不敢相信，和那个强大的画家相比，我感到那么弱小！"谈及莫奈的展览，他不无惋惜地说："他的《大教堂》系列就要分散到世界各地了，它们应该全部都放在一起，当作一个整体来欣赏……我着迷于它们表现出的非凡的灵巧……这是内心平衡但冲动的画家的画作，追求难以捉摸的细微效果，这是其他画家意识不到的。"

他希望儿子能从伦敦赶来，和他一起看莫奈的画展："我是如此希望你能一起看到整个系列，因为我在这里面找到了我追寻很久的出色的和谐。我可以告诉你，几次都不能和你一起观看这个系列使我非常痛苦。"

通过看莫奈的《日落》系列，他审视自己的画，"它们在我看来，很有光泽，很大师风范，这是显而易见的。至于我们的新作品，我应该考虑得更深入，我问自己：它们缺少什么？有些事情很难清晰地界定。在真实性、和谐性上，它们无疑没有更多要求。但愿我能从技巧的统一上找到什么可改进的地方，或者我更愿意在某些地方选择一种更平静而又不是那么稍纵即逝的视觉模式。"

后来，他的画和雷诺阿的画、莫奈的画分别以一个独立的房间在同一家画廊展出，他欣喜地看到"画廊里充满了印象派画家的作品"。

信中对于文森特·凡·高提及不多，只是客观地说明他的参展，但从编者的说明来看，毕沙罗与文森特·凡·高曾交好。

那是一个大师辈出的时代，也是一个纷繁复杂的时代。艺术家与艺术家之间有惺惺相惜，亦有嫉妒，有派别，有纷争，有纠葛。也许是基于强大的自信和自知，面对艺术家的纠葛、嫉妒乃至谨小慎微，毕沙罗的心胸是开阔的，心态是平和的，和"二十人组"一起展览时他说："我认为和他们一起展出非常好。修拉无疑是一位有异议的画家。他过于谨慎。但是我们——或者至少是我——没什么损失，因为我认识到，绘画中没有秘密，除了艺术家自己的感觉，那是最不容易被剽窃的！"

他希望儿子避开时人的浮躁，将目光回归经典，"你必须始终寻求起源：向早期艺术学作画，向埃及人学雕刻，向波斯人学细密画，诸如此类。""要记得，那些早期艺术家是我们的大师，他们是纯洁的先知。"

至于他自己，他说："我，作为印象派实力最均衡的画家，会崭露头角。"但他不渴望头把交椅，宁愿远离名利纷争，相信"影响力只有随着时间的推移才会产生，而非意愿"。

作为印象派的坚定践行者，毕沙罗最终成为参加了印象派历届八次展览的唯一一人。

　　身边的同行之外，他将眼光放得更久远，跨越时空去关注他心目中"伟大的画家"——戈雅、伦勃朗、弗朗茨·哈尔斯……但他又敏锐地发现不宜跟随他们："因为我们是不同的，而他们的作品在他们的时代如此确定，所以跟随他们是荒唐的。"看英国人的画展，他则说："我感觉这些作品缺少生命力，好像都缺乏个人感觉。"

　　毕沙罗，毕竟是个有见地的画家。

　　本书还附有 300 多幅插图。看毕沙罗的画，总觉得这是一个平静、和谐、身心健康的人。书读完，我发现这印象是确凿的。

杜尚：无染无着真风流

——读卡巴纳《杜尚访谈录》①

这本《杜尚访谈录》被王瑞芸女士译得十分精彩——其实那不纯粹是翻译的功夫，而是译者、著者和被采访者内在的息息相通促成的因缘际遇。这些跨越时空的感应也促使作为译者的王瑞芸挣脱文本，脱颖而出，在书的后半部分她还写了《杜尚》和《禅宗、杜尚与美国现代艺术》作为补白，将杜尚的思想、艺术和生活境界阐释、提升到一个全新的高度——我相信那不仅仅是被采访者杜尚的高度；也是一个诚挚并具有相同潜质的诠释者的高度——因此她才如此兴奋，如此切近。

如果不是有着深邃的了解（不，其实我是觉得那是心性的相通），如果不是冥冥中有着莫名而深切的联系，她也不会作出如此由衷、如此深刻的评说，如她在"后记"中所说："因为杜尚就一个，他在那里，喜欢他的人，就朝他走过去，凑近了观察。"她就是那凑近了的观察者中的一个，而恰巧，她在美国修习的又是艺术史，更

---

① 卡巴纳著，王瑞芸译：《杜尚访谈录》，广西师范大学出版社
2013年版。

加具备了去表述这一切的能力。当
然，修习什么或许是次要的，不是
每个修习艺术的人都对艺术具有天
生的敏感。而"天生"十分重要。

至于我，为什么刹那间理解了
王瑞芸之于杜尚，那是因为我想到
了我之于凡·高，那是一种同在、
同具的了解与感应，是不由自主、
自发本有的冲动。正如王瑞芸女士
的评述更像是从她自己的生命和潜
意识里流淌而出，因此才生动，才
可观。作为读者，为何竟亦如此激
动？那也是一种难解的缘分吗？

让我们，去顺应它。

我的确按照王瑞芸女士的建议
先读附录中她的两篇《杜尚》和《禅
宗、杜尚与美国现代艺术》了。她

▲马塞尔·杜尚，出生于法国，后加入美国籍，
20世纪实验艺术的先锋，被誉为"现代艺
术的守护神"，是达达主义及超现实主义
的代表人物和创始人之一。代表作有《泉》
《L.H.O.O.Q》等。

的思想，给我提供了一个新的角度，让我重新审视现代艺术，并且提醒自己不要固执地抱持一种观点，让水流动。读完之后我不仅了解了杜尚，险些也要像王女士一样爱上杜尚了——因为他太超脱、太潇洒，太无限、太无所谓。"没有什么事情是重要的"这是我在中学时代就曾说过的话，在这个时刻，在这个点上，我亦与杜尚相遇。他让我们站在一个新的视角重新审视艺术，以"反艺术"的姿态将艺术还原到生活之中，还原到生命之中，与万物等量齐观，从艺术，到生活，到生命，到哲学，到禅宗的无分别心，到更阔大的世界乃至无限无着无有，一尘不染，一物不在，无挂无碍，绝世绝美。生活和生命本身就是艺术，是更愉悦、更完美、更恢宏的艺术。虽然，杜尚对抗美，对抗趣味，对抗愉悦，对抗一切现成的条条和框框，但摆脱了束缚的他的确将自己的生命提升到一个广阔的境界，用王瑞芸的话说，"圆融无碍"。生命至此，的确只剩下了欢喜。

智慧的向度无染无着，天真明朗，阔大无边，挣脱不了艺术、传统和一切成见的窠臼与束缚，便看不到阔大无边的全新天地和高远境界。"杜尚的否定艺术，不是为了做艺术上的一个新流派，而是向我们呈现了一种自由的人生境界，他是离开艺术来看艺术的，在任何方面，艺术都束缚不住他。"自由的，终无可束缚。初心不染，只须歌唱。

杜尚要活出生命的本来面目。"我不是那种渴求什么的，所谓有野心的人，我不喜欢渴求。首先这很累，其次，这并不会把事情做好。我并不期待任何东西，我也不需要任何东西。"读到这里我的内心有一个共鸣的声音：天然如此的人是幸福的，欢喜无边，真实不虚；当读到他把生活放在艺术之上，将艺术看作万物的一部分，看作世间众多行为中的一种，我想说：顺应自然心性，不刻意为之，行于当行，止于当止，让生命自然流畅；当看到他谈及真纯、诚挚与自由时，我的内心响起深切的回声：向来如此，天然如此，心怀欢喜，无穷无限——而这，只是一种常在、常驻的感觉。我知道，他践行的，是挣脱了艺术之障之碍，将艺术放置在自然万物和生命轮回之中的无影无踪、无障无碍的大艺术——那就是一场游玩，一场旅行，不追求，无目的，大自在，水流花开，玩过也就玩过了，结束也就结束了，他没有把它当成一回事，就如他不屑加入任何团体、任何组织、任何主义，也不看书不关心周遭——这些都跟他无关无涉，他是一个全然自由无碍、无边无垠的生命，任何一种观念、主义、派别都将成为他的束缚，而他天生不要束缚，自由无疆，仿佛让我们感觉到翅膀扇动的声音。而生命中，仍有新奇的东西不断地吸引着他，他跟随当下的冲

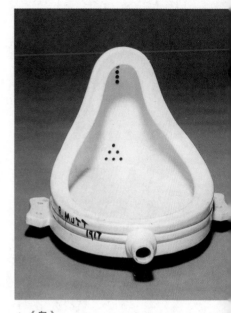

▲《泉》
《泉》以"反艺术"的视角对待艺术，促使人们以全新的，更加自由、超脱的眼光看待艺术、生活与生命。

动、当下的热爱，继续玩耍。他不追求，不停留，不回首，他的脑中无艺术，无绘画，无评论，然而，无中生万有——他什么都有，不求自得，以至无穷无限。

那是一种内在力量的驱使，唯其如此，能得天助，然不求天助，不求而自得。

我赞同杜尚所说："艺术被限制在一幅画或一个雕塑中是一种狭隘。"扩展开来，可以说整个艺术都是狭隘的。抛开艺术，追求无限，已经上升到生命境界。当艺术与生命融于一体不分彼此之时，脑子里没有艺术没有观众没有语言，上等的艺术必然超脱超拔。人生亦如此，空与无，不失为难得的境界。反正我信，我深信。讲究语言，但必须超越语言；讲究技法，但必须超越技法；不懈追求，但必须超越追求。真正的艺术从来不是艺术，是势不可当、不为所知的内在天然能量，是生命本身。不为所缚，方可无限。

是思维带着他飞翔。杜尚打破常规，如此言说，亦如此行动，当他感到艺术了无生趣的时候，他便身体力行地放弃了艺术，以后的几十年再也没拿起画笔，而是在自己后半生将兴趣转移到象棋和其他新鲜的事物上去了。他无法忍受自己去度重复的人生，亦不去看别的艺术家"只在重复他们自己"的作品，这都不符合他的心性，而且，在他看来，艺术像所有人造的东西一样，没有价值。对于历史，他也有天生的彻悟与反叛，他不能为艺术所缚，亦不能为历史所缚。时间是活的，是沿袭还是打破，让时间去定。千年的文明，打破（不，用"突破"吧）比沿袭更难，历史的遗存，有启示，也有束缚，就看如何取用，如何超越。而被问及是否对政治感兴趣，他索性说："不，一点也不，让我们别谈这个。"杜尚告诉我们，这样的思想，这样的行为，这样的人，存在着，虽然有可能超出了我们的理解范围，但他确实存在着，并给予我们不曾有的启示。让我们意识到，当我们遇到与自身的思想体系、见解、见识对立的东西，我们不妨停下来，想一想，世界原本博大精深，已知有限，沧海一粟。他告诉我们，我们需要通过实时的变化进行自我更新，一边放弃，一边新生，永葆喜悦，永葆活力。

当然，在艺术的问题上，在一切的问题上，是放弃还是拥有，因人而异，顺其自然，没有一种是对的或者不对的，世间万有，本无分别。

王瑞芸女士在分析杜尚与禅宗时提起禅宗在西方的引入，然而有时候，禅意不是借助于理论嵌入的，是契机和心灵的顿悟，是一触即发的，因为本有，本在。杜尚并未真正接触禅宗，而他，却天然地充满了禅意，"他的心从来没有离开过他那种与生俱来的定与慧，在任何情况下他都不会偏离这个轨道。这种状态使他年轻的时候就能够独具慧眼抵制巴黎艺术界那种貌似杰出和优秀；使他终其一生都在抵制一切人类自身的褊狭而造成的规矩和定义。他从不执着于任何事物，他与任何事情都保持一点微妙的距离。这样的一个人真正做到了变生活为艺术。"杜尚的所有追随者都没有成为杜尚，因为他们本不是杜尚。不要为禅而禅，因禅而禅是一种美，为禅而禅是一种丑——当然，混沌之下，无有美丑，杜尚即是如此，浑然一体，又圆融通透。

就现代艺术而言，杜尚的许多追随者的作品所效仿的，或许只是一种形式，徒具躯壳而不具灵魂，徒有浮表而未抵实质，徒有向往而缺少天生的境界。因此对于杜尚，他们只能望尘莫及。

杜尚的思想"浑然无廓，有无相生"，他的所做所为，被王瑞芸女士称作"无染无着的真风流""了无牵挂的平常人"，是"真洒脱""真放下"。境界自古平常中。杜尚先生自己也说，看待身外之物，他跟许多人有着不同的观点和态度，他自觉地站在人群之外，自我，自在，真实坦率，畅行无阻。当一切都赤裸裸地展现，也许你会发现，"真"的东西所剩无几，而那不多的所剩，就是最珍贵最难得的。用"真"去生活，而不是假艺术之名而艺术，就是杜尚的态度。所谓的艺术评论和他人评说在他看来更是荒谬，当本书作者卡巴纳问他："人们对于您的《大玻璃》有好几种解释，哪一个是您自己的？"他的回答自然本真："我没有任何解释。"这是一个多么重要的启示——所有的评论者都是"好事者"。不光是艺术，文学也是如此，坦率地说，有很多文学评论，长篇大论，新词频出，我却常常看不懂，不懂之中或许也有几分不太信任吧——这里面，又有几分是过度解读呢？当卡巴纳问：他给他按了胡子的《蒙娜丽莎》题字"L.H.O.O.Q."除了开玩笑，还有什么别的意思，他说："没有，唯一的意思就是读起来很上口。"有时候，事情本身真的就是那么简单，而人们常常将它们搞得异常复杂。而只有简单，才清明恬阔。

杜尚的一切，王瑞芸女士在书中说得都很透彻，我相信，这些皆缘于无可名状的机缘和跨越时空的"相见"。

　　在晚年总结自己的一生时，杜尚说："我这一生实在是过得非常幸福。"是的，他无法不幸福。我信，并有深刻体会，生命就是一场感谢，一场花开。我也赞赏王瑞芸女士的态度：做一个身心自由的人，活出行云流水般舒展的人生，"这个状态实在比艺术要美丽一百倍以上的"。新的涉及，总在不断地拨开生命新的层次，看到新的流动，成为活水。

　　愉悦，就是一种相合相契；热爱，是一种自动的寻找，而且，总能找到。让我们朝着我们欢喜的方向延伸，乐见喧嚣，乐见宁静，一切都是美景，都是最好的安排与布置，生命就是一场花开，一场自如自在的穿梭与行走。这书，被我读得异常欢喜。

达利：在颠覆中存在

——读玛丽·安·考斯《达利评传》①

书的第一章是这样开头的："萨尔瓦多·达利早就说过自己注定是个天才。"天才，往往有自我觉知，天赋的才华，在体内，在血液中，与生俱来，给予他不可抗拒的能量。作为超现实主义的化身，他对此也有着清晰的觉知，他说："超现实主义就是我。"

书的作者玛丽·安·考斯只与达利见过一面，阅读的过程中我一度怀疑与之仅有一面之交的人写下的文字究竟有着多少的真实性，但她依托于达利文本的评述是可信的，她说："即使在早期，达利对自己的未来也是胸有成竹——'我将会是个天才，全世界都会赏识我的。也许我会遭到轻视和误解，但是我将会是个天才，我对此信心十足……从 1929 年开始，我就清醒地意识到了自己的天赋。我要说的是，尽管这份自信深深地扎根在我的意识中，却从未在我身上激起过那种被称为崇高的情感。然而我必须承认，它有时会使我体会到一种极度的快感。'"他自信，因为他有。而所有的

---

① 玛丽·安·考斯著，李松阳、戴永沪译：《达利评传》，漓江出版社 2015 年版。

▲达利的《圣经》水彩插图

达利的创作一直伴随着他的神秘主义和他永不停歇的实验热情，以其独特的"超视性"颠覆传统。

天才，仿佛都有着对天才的自知，杜尚如此，萨特如此，罗丹如此，在他们的体内，有着一种无可限制的力量，注定了要超拔而出。而只有天才的艺术，才是至高的享受。

1922年他参加圣费尔南多皇家艺术学院的入学考试时，"他马上证明了自己是达利，拒绝按照所要求的尺寸提交素描：他的画稿尺寸要小很多。但他还是被录取了。"天才是不可限制的，这种无限使他天然地超越了规矩，抵达他自己。1926年他参加一场口试，他拒绝以抽签的方式决定考试题目，他说没有人有资格评判他，于是他被开除了。这和当年的罗丹三次报考巴黎高等美术学院不中、广遭巴黎艺术圈的残酷拒绝，和凡·高生前只卖出一幅画，以及刘海粟被国人称为"艺术叛徒"是多么相似。天才，有时天生就是与时代不和谐的。1928年他针对诗歌贴出《反艺术宣言》，无所畏惧地摒弃韵脚。韵脚是什么？用他的话说，"简言之，那是连猪狗都能理解的艺术，你就会创作出妙趣横生、惊心动魄、诗情浓郁的作品来，成就任何其他诗人都无法企及的伟业"。而针对达利的电影创作，巴拉尔评论则认为，达利"是伟大的文化亡命之徒中的最后一位，也可能是造访我们这个华而不实的廉价星球的最后一位天才"，"他把文化构建的意义统统颠覆"。

达利反对以艺术谋生，拥护"绘画不表达任何意义，绘画就是画自己"的主张，他说："我依然相信，艺术不应该成为谋生的手段，而应该仅仅是一个人在其生活的休闲时间允许的前提下的一种修身养性的方式而已。"他主张将艺术停留于事物表面，它的最表层，以防止流于滥情。在他看来，诗歌和绘画如果要表达什么意义的话，就会流于滥情。他走在海姆·芬克尔施坦的对立面，认为归根结底，腐烂就是情感，是人性不可分割的，"只要大气还包裹着地球，就会有腐烂发生"。在玛丽·安·考斯看来，"达利的绘画旨在与无意识沟通，所以是为那些'心智单纯'的人画的。"

他做着不同寻常的事情，他反其道而行之，他依循他自己的本性思考，他从印象派那里获得影响和启示，他说印象派"的确是对我的一生影响最为深远的绘画流派，因为他使我第一次接触到了反学院和革命性的美学理论"。

"1918 年底，他不仅疯狂地作画，而且像患了强迫症似的投身于写作。"他的绘画和他的文字是同构的，他爱他的颜料和绘画，爱得发狂，他也将自己对颜料及其相关概念本身的探究与痴迷记在日记里，将自己对生活的理解与渴望借由文字来表达。书中鲜有他的插画是一种遗憾，但他的文字给人一种平和的美："我渴望平凡的生活：吃烤沙丁鱼，和加拉一起踏着余晖在海滩散步……我需要生活在利加特港，看水手们劳作，看橄榄树的色彩，还有面包，感受她的风景、她的温馨、她内在的安宁。""我正在发现能深深感动我的事物，并试图忠实地——也就是说精准地——描绘它们。""我深深地爱着这一切。不仅仅是它们，还有那天空中的葡萄藤和驴群都使我备感愉悦。"从他的文字里，我们感受到了一个美善的世界。

他在写下文字的时候就知道那些文字将会穿越时空到达我们手

中，他将自己的著述比作一张饭桌，"而这张桌子就是您手中正在阅读的这本书。它的目的乃是在百年之内填饱我们这个时代在精神、想象、道德、意识形态上的饥馑。"天才的未来都是可以被自己看到的，他知道有朝一日他能够"创造出自己的峥嵘天空"，而天才总又在平凡中。

天才的自我觉知使他将自己和弗洛伊德的潜意识联系起来，他确信自己和天使有私密关系，在自己的书中，他还提到自己的"超视性"，而这"超视性"，使他在许多个天才的细节上与他人，以及别的超现实主义画家和作家区别开来。多少年来，他一直期待见到弗洛伊德，偶然的场合见到了弗洛伊德，他又以他自己的方式呈现了弗洛伊德，他说弗洛伊德的脑袋是螺旋形的！而拉斐尔的脑袋是八角形的，达芬奇的脑袋像一颗被压扁的榛子——这些，听上去是荒谬的，但若无这样的荒谬，达利也就不成为达利了吧。在达利的心中有一座天堂，而天堂是什么？它在哪儿？他说："天堂不在上也不在下，不在左也不在右，天堂在有信念的人的胸膛正中间！"

达利终是特别的达利。他在他一部作品题献中的简短表述或可概括他的大致脉络：

6岁我想当拿破仑，结果没成功。

15岁我想当达利，我成功了。

25岁我想当全世界最轰动的画家，我成功了。

▲达利的《圣经》水彩插图

达利的超现实主义作品不附着任何意义，却又神秘莫测，奇幻无穷。

35 岁我想以成功肯定我的生命，我做到了。

如今 45 岁，我想画一幅杰作，从混沌和懒惰中拯救现代艺术。我会成功的！本书是这场征战的献祭，我把此书奉献给所有信仰真正绘画的青年。

而在序言中，他说："能够发生在一个画家身上最幸运的两件事情：第一，是做西班牙人；第二，是叫达利这个名字。这两件幸运的事都发生在我身上了。"

达利是神秘莫测的达利，又是奇幻无穷、花样迭出的达利，玛丽·安·考斯说，他的创作一直伴随着他的神秘主义，以及他那永不停歇的实验热情。

热闹了一番之后，艺术家走了，留下了文字给我们，而阅读也是一种探索——因为不了解达利，所以读达利。达利对我来说是陌生的，关注陌生和差异，以至开阔和包容。

毕加索：以"天眼"作画

——读格特鲁德·斯泰因《论毕加索》[①]

《论毕加索》，是格特鲁德·斯泰因记录的 1900 年至 1937 年她所认识的毕加索。将一个人的评论或传记写到深处，光认识是不行的，还需理解，还需认同，还需懂得，还需像格特鲁德·斯泰因那样，以"进入"的方式去体会他，书写他。

只不过格特鲁德·斯泰因的进入是天然的，"当时只有我一个人理解他，也许是因为我正试图在文学上表现同样的东西，也许因为我是一个美国人，正如我所说的，西班牙人和美国人对于事物往往有着同样的认知。" 有时候大概她自己也分不清她书写的究竟是自己还是她的书写对象，格特鲁德·斯泰因写毕加索，留给我的印象是如鱼得水，不费力气。

正如她在《爱丽丝自传》中借托克拉斯小姐之口说："我一生只有三次见过天才，每次都在我心中激起了反响，他们就是格特鲁德·斯泰因、巴勃罗·毕加索和阿佛雷德·怀特海。"格特鲁德·斯

---

① 格特鲁德·斯泰因著，王咪译：《论毕加索》，东南大学出版社 2016 年版。

▲《熟睡的女子》
巴勃罗·毕加索用画笔任意重造世界，在作品中实现
他的"大自由"。

泰因对自己的天分也是自信自知的，《论毕加索》的字里行间也流
露着这样的天分，这使她和她的书写与众不同。天才与天才的碰撞，
更使这文字出彩。

格特鲁德·斯泰因的语言风格令人耳目一新。相同语句的叠加

强调，句式的出奇不意，是格特鲁德·斯泰因文本的突出特点，被译者认为具有很强的实验性，"实验""先锋"，是分析的结果，而文学作品首先是感知的，我宁肯相信她的堆叠不是刻意为之，而是情之所至、感之所至，那样的格特鲁德·斯泰因，就得写出那样的语句。

格特鲁德·斯泰因不会左右逢源，也不会照顾周全，像毕加索借由绘画直接表达自己所见，她借由书写直接表达自己的观点，不折不扣，果断肯定。她的语句重复，然而她重复的语句非但没有给人留下拖沓的印象，反而更显干净利落、真诚真挚，她的重复是在强化她的感觉，那感觉强烈到只有重复才能释放，这一切，都是由内在的某种情绪推动。

正是这种感觉，使她发现了别人没有发现的毕加索。她看到了毕加索在西班牙和法国间不断清空自我又迅速充实自我的艺术人生，和始终没有丧失的西班牙性情，她看到他远离大众视角专注于自己的所见，她欣赏他创造的那些不依靠感觉、不依靠回想、摒弃事物的衍生意义直抵本质、给人纯粹美感的艺术形象，那些与他者无关、来自艺术家自己眼中的艺术形象，那是"仅他一人能看见的真相"。她知道绘画是毕加索表达自己的唯一方式，他用绘画表达思想，而他的表达与众不同。不是所有人都欣赏他的艺术，但格特鲁德·斯泰因知道，"天才是罕见的"。

天才的艺术家都是特立独行的，他的特立独行不是刻意做作，而是天生天然，是只有他自己的那一种方式才能淋漓地表达他自己。

▲《扶手椅上的女人》
巴勃罗·毕加索远离大众视角，专注于自己所见，他摒弃事物的衍生意义而直抵本质，给人以纯粹的美感。这些来自艺术家自己眼中的艺术形象，是"仅他一人能看见的真相"。

而艺术家必须淋漓地表达自己。

纯粹的理性无法成就艺术，亦无法欣赏艺术，格特鲁德·斯泰因的语气是肯定决绝的，又常常是感性流动的，明晰而灵动，使她的语言充满魅力。开篇第一句："绘画在 19 世纪只存在于法国，也只有法国人能做，除此之外，绘画是不存在的，到了 20 世纪它也只存在于法国，却是西班牙人在做了。"站在毕加索的一幅画前，她说："这是一幅开心的画，这是一幅伤心的画，也是唯一的一幅画。"发表完自己的见解，有时她也会自然地缀上一句"可能吧"，这种模糊性和不确定性，留有了更多发散的余地，也丰富了读者的想象空间，增强了艺术美感。

坦率地说，毕加索的画我看不太懂，但听格特鲁德·斯泰因论毕加索是享受的。

米开朗基罗：万世的伟大，一世的哀愁

——读《米开朗基罗艺术全集》①

读完罗曼·罗兰的《米开朗基罗传》，读完蒋勋的《蒋勋破解米开朗基罗》，该读读大雕塑家本人的文字了。好在这本《米开朗基罗艺术全集》绝大部分篇幅不是他人杜撰，而是米开朗基罗自己的手笔——书信和十四行诗。

不知是翻译的原因，还是自己领悟不够，抑或是艺术家本就有着不一样的语言和思维，那些诗歌略感晦涩难懂，读来并非朗朗上口，但从一字一句间依然可以捕捉到艺术家的心情。

诗歌或许是最适合表达爱情的。虽然罗曼·罗兰曾以悲悯的笔调在《米开朗基罗传》中说米氏几乎没有一天与爱情相遇，但米开

▲《米开朗基罗自画像》
米开朗基罗·博那罗蒂，画家、雕塑家，意大利文艺复兴三杰之一。代表作有《大卫》像、《创世纪》、《最后的审判》等。

---

① 米开朗基罗著，林瑜编译：《米开朗基罗艺术全集》，金城出版社 2011 年版。

朗基罗在自己的十四行诗里诉说的似乎只有爱情——这些诗多数是写给他爱的侯爵夫人佩斯卡拉（即维多利亚·科罗娜）的。诗句虽然拗口，但反复出现的"火焰""热情""燃烧"乃至"美丽的光线"，依然让我们感受到艺术家内心的灼热，在那或痛苦或哀愁，或无望或期待的日子里，爱情无疑曾将他照亮。

我在你眼中看见了挚爱，

它用世俗言语无法描述，

但心灵能找到那个地方。

……

在大地上，如果我真诚爱你，

我就会与上帝同在，即使死去，也会甜蜜。

他的诗歌常常自然地以"夫人"开头，那是他有关爱情的独特表白，就像那个"夫人"正坐在他的对面。而那个"夫人"也像他一样对自己有过哪怕瞬间的

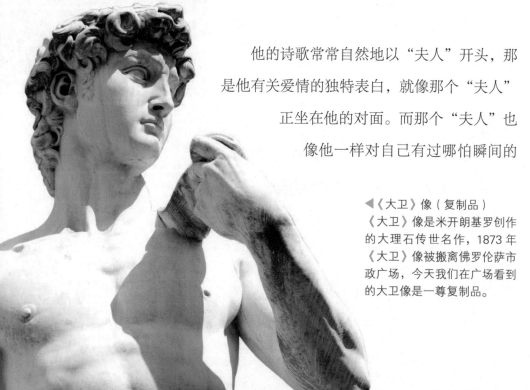

◀《大卫》像（复制品）
《大卫》像是米开朗基罗创作的大理石传世名作，1873年《大卫》像被搬离佛罗伦萨市政广场，今天我们在广场看到的大卫像是一尊复制品。

爱恋与倾慕吗？答案如他的诗歌一样模糊。

        亲爱的，我知道你真的了解

        我为了你的甜美而来：

        你知道我了解你，你知道我没有变心，

        但为何渴望的会面姗姗来迟？

        如果你的确给了我希望，

        我内心的渴望的确是真的，

        这样，隔在我们之间的墙会因此倒塌。

        谁要是将悲哀隐藏，谁就会带着加倍的痛苦生活。

        如果这样，我的爱人，我宁愿独自爱着你。

        如果你觉得最爱的是自己，不要悲哀，

        因为心灵只是渴望着心灵，

        这就是你的美对我的爱情

        显示出人类可知的朦胧心灵，

        但谁又会知道死亡呢，这可是人所必学之事。

    他期盼，于是他痛苦。艺术家超离了现实的爱或许无望无着，然而他依然用自己的方式将它留下来，依然，用自己的双手和心力，将美丽的一切连同爱人的面容雕刻在记忆和时间的深处。他，要尽自己的意志让这一切永恒。

《创造亚当》
西方绘画艺术中最为著名的杰作，米开
朗基罗用了不到三周的时间完成。

夫人，怎么会这样，每个人都已看清楚。

时光飞逝，真理逐渐浮出水面，

可在石头里的生命比起

已化为尘土的雕刻，年岁大了许多，

事实上，收获小于所失去的。

人类的艺术让自然折服，

我知道，那个美丽的雕塑证明这是真的。

时间和死亡仍然在挑战律法，

因此，给我们两次生命吧，

我希望我做一个画家和一个大理石雕塑家。

你的脸和我要展现给世人的一样，

我们死去多年之后，

在他们眼中，你是那么美丽，我却如此伤心，

但我心甘情愿地爱着你。

　　爱情，曾给他带来不安与折磨，但爱情，毕竟以最热烈的方式拨动了艺术家的心弦，勾引出灵魂深处更为丰富的情感，即使痛苦，即使无奈，也是上天难得的馈赠。

　　今天，艺术家连同他爱的女子一同湮没在历史的尘埃中了，而那刻在大理石上的面容和写在诗歌里的影像却已永久定格在了时间的深处，如艺术家想象的那样，在罗马，在佛罗伦萨，在巴黎，在每一个热爱艺术的国度和人们的心里沟通着情感，激发着热烈，被世人欣赏、

感叹或凭吊，带着感慨与悲悯，撞击出人类悠远、共情的声音。

为了米开朗基罗，让我们也感谢艺术家诗歌里的那位"夫人"吧。潮汐退去，是一片美好的想象。

阿斯卡尼欧·康狄维作为与米开朗基罗有过密切交往的作家和画家，在《米开朗基罗的一生》中说，米开朗基罗的爱情观是柏拉图式的，不知道是无望的爱情促成了他柏拉图的思想，还是他柏拉图的思想导致了无果的爱情，一切纷繁，俱往矣。

诗歌之外，书的后半部分是艺术家以家书为主的书信，让我们从家长里短中看到日常生活和内在本质的米开朗基罗。书信的内容主要是处理一些家庭事务，包括置地、购房，劝其父亲如己所愿无忧生活，劝其兄弟娶妻生子以后继有人，字字有情，句句有义，无不流露着艺术家天性的善良。米开朗基罗不仅对父亲百依百顺，极尽孝道，为兄弟操心劳力，极尽手足之情，对陌生人也常怀悲悯之心。在自己并不宽裕的情况下，他还时不时地对有难处或穷困潦倒的陌生人解囊相助，在寄回家乡佛罗伦萨让弟弟或父亲代为保管的钱物中，他常常嘱托家人留出一部分捐赠给需要的穷苦人。

艺术家大概都是善良的，缺少了这人间的善良与悲悯，是断不可创造出震撼人心的大艺术的吧。

在少数书信中，米开朗基罗也谈及艺术，透露的都是自己对于艺术的担当与使命。在圣彼得大教堂在建的日子里，他一次又一次回绝佛罗伦萨侯爵召唤他回去的指令，在工期并不顺畅的情况下咬牙坚持到最后。他对自己的方案有着坚定的自信，他无法

▲《最后的审判》

直接绘画于西斯廷教堂圣坛后的壁画《最后的审判》，描绘了耶稣的第二次降临，
壁画中的耶稣宣判着人类的命运，将恶人打入地狱，将善良的魂灵送入天堂。

容忍自己的方案被粗俗或愚蠢的方案取代，而在建筑史上留下遗憾的作品，他要看着它完成。迫于压力，并无绘画专长的他接受了西斯廷大教堂的天顶画创作任务，然而他以惊人的天赋和不懈的劳作将它完美地完成，站在画下的梯子上，他终日仰头作画，脖子都变僵硬了，以至于在画作完成后的很长一段时间他吃饭都无法低头。在年老多病之时，他还以自己现有的心力为艺术做着最后的努力……

而有关艺术的更多细节，阿斯卡尼欧·康狄维在书的前半部分讲述得更为具体，阿斯卡尼欧·康狄维作为同时代熟识艺术家的人，他看到艺术家生活的简单和对艺术的执着，记述了艺术家因着艺术的起起落落，也使我们有机会从一个侧面了解到艺术家的更多信息。阿斯卡尼欧·康狄维曾与米开朗基罗谈起他的作品《哀悼基督》中的圣母为何如此年轻的问题，米开朗基罗的回答是独特的："你不知道吗？这个纯洁干净的女人保持着观众的新鲜感，远比那些不纯洁干净的女人要长远得多。对圣母来说，即使有最小的不道德的欲望也会伤害到形象，这种看法很过分吧？我也向你指出，圣母如此年轻美貌并不是难以置信的，除了自然的方法保养以外，她应该也受到天赐神力的优待，以向世界证明母亲的贞洁以及永恒的纯洁。"谈及圣母怀中死去的圣子，米开朗基罗说："这个作品展示的上帝之子，就像我制作的那样，有着人类的身体，并且除了罪过以外，也如所有普通人一样有着责任和义务：没有必要在神的身上隐瞒人性，相反地，应该把他放在一个最自然的状态中，并且展示他当时确切的年龄。因此不用怀疑，想想看，我制作了一个神圣的圣母，上帝的母亲，与她的儿子相比，她本该呈现的年龄是稍微比一般情况下年轻了些，而我给她儿子的是自然年龄。"在圣母像上，米开朗基罗亦寄托了他的美好理想。

然而，大艺术家米开朗基罗又将自己塑造成了怎样的模样呢？印在这本书封面的头像据说是米开朗基罗的自画像，我不知道艺术家为何要如此真实地描画出自己的形象，真实中带着残酷——那悲苦无告的眼神里仿佛装满了一世的哀愁与不幸，于瞬间击透我，因无限可怜而使我不敢直视，正如罗曼·罗兰所说，这世上还有比米开朗基罗更可悲悯、更令人同情的吗？

艺术家的作品已在时光中愈加地不朽，而艺术家，却将这目光留给了我们，此时我的脑海中不禁再次浮现出他的十四行诗：

> 我们死去多年之后，
>
> 在他们眼中，你是那么美丽，我却如此伤心，
>
> ……
>
> 万世的伟大，一世的哀愁。

罗丹：挣脱了石头的生命律动

——罗丹口述，葛塞尔记录《罗丹艺术论》[1]

　　"每一件作品都带着巨大的生命能量，使我在那一个时刻神圣并庄严地遇见他，遇见美，遇见美之跨越时空，与自我的生命进行强烈的撞击和感应，使我于那一个时刻洞见了往昔，亦洞见了未来，于内在升起无限的信心……当历经了百年，当艺术家早已离我们而去，当他的作品依然带着澎湃的呼吸与我们产生跨越时空的感应与对话，并激起生命深处亘古常新的能量，难道我们不该赞美与致敬吗？"这是几年前我在国家博物馆观"永远的思想者——罗丹雕塑回顾展"时记下的心得，大雕塑家罗丹的作品曾以澎湃的呼吸感染并震撼了我，今天，我怀着敬仰之心打开他的《罗丹艺术论》。

　　不出所料，在这本装帧精美的小书里，装满了天才艺术家的智慧和理念，句句是箴言，不仅帮助我更加透彻地理解罗丹和他的作品，亦使我在艺术上获得深刻的启发和教益。

　　开篇的《嘱词》真挚、恳切、慈爱，浓缩了艺术家毕生的热情

---

[1] 奥古斯都·罗丹口述，葛塞尔记录，傅雷译：《罗丹艺术论》，上海书画出版社 2017 年版。

和思想精华，是大艺术家在临近暮年发挥最后的光和热，留给人类的一笔丰厚的精神遗产。在这篇《嘱词》中他忠告青年，"虔诚地爱你们的前辈大师罢"，"可是留神不要去模仿前人。尊敬传统，而要会辨别它的永垂不朽的宝藏，即对于自然的热爱与人格的忠诚"。他呼吁青年"奉自然为唯一的女神"，同时向自我和人性的深处探寻："生命之泉，是由中心飞涌的；生命之花，是自内而外开放的。""你们，雕刻家，锻炼你们的感觉，往深处去。"在这一点上，罗丹的艺术思想和中国画的思想是相通的，概括起来就是"外师造化，中得心源"。他鼓励青年探求现实，而非盲从大师，忠于自我，而非拘于成见，"真正的艺者不惮于犯一切既成偏见，诚实地表现他的感觉"。

自然之外，他崇尚真。在罗丹看来，"艺术之源，是在于内在的真。你的形，你的色，都要能传达情感"。因此他呼吁："青年们，要真实啊！""要彻底的桀骜的真实。要毫不踌躇地表白你的感觉，哪怕你的感觉与固有的思想是冲突的。"由此，他爱着一切的生活，对生活寄予了莫大的热情："最主要的是感动、爱憎、希望、

▲《思想者》

奥古斯特·罗丹的《思想者》将深刻的精神内涵、完整的人物塑造和精湛的技艺表现融于一体，代表了罗丹雕塑艺术的突出成就。

呻吟、生活。要做艺术家，先要做起人来。"怀着独具的眼光，他在全然的生活中发现美："在艺者的眼中，一切都是美的。"在他眼里，美无处不在，他为之激动和澎湃，并将自己的感情交付于他的刀斧和他的石头。

他告诫青年："不要荒废你的光阴于社交政治中。你将看到你的同伴中途得了荣誉富贵，但他们绝非真艺术家。他们之中也有聪慧之士，如果你去和他们角逐名利，你将和他们一起牺牲；你再无一分钟余暇去做艺术家了。热爱你的使命罢。"这是经验、更是智慧之谈。

虽然"我们的时代，是工程师、实业家的时代，绝非艺术家的了"，但是他对艺术忠诚不贰，自觉地站在宇宙的广阔视角去看艺术，认为"艺术是人类最崇高、最卓越的使命，它是磨炼思想去了解宇宙万物，并使宇宙万物为众生所了解的工具"。他视艺术为使命，正是了解并承担了这使命，他才挣脱了世俗和狭隘，做出了不可超越的大艺术。

《罗丹艺术论》实为一本谈话录，是身边的葛塞尔对艺术家言谈举止的翔实记录。在我看来，其所有话题均围绕《嘱词》的思想展开，简洁、概括，但生动、明确，不乏细节，通过对历史场景的还原和再现，让我们看到艺术家的人生过往和思想痕迹。书中还配有艺术家及其同行的大量经典杰作，大师所讲之处，多有图式参照，体现了编者的用心，亦给读者带来诸多方便。

大艺术家不是凭空成为大艺术家的。首先须有天赋天造的独特、独具。没有于平凡事物中感应、发现美的独特领悟与才能，是断不能从事艺术的，如罗丹所说，"自然中公认为丑的事物在艺术中可以成为至美"，艺术，需要艺术家以独具的慧眼，在平凡万物中随时随地发现美、表现美。美是什么？"所谓美，便是性格和表情。"在众多对象中，他独崇人体，认为最具性格和表情的便是人体。当然，在罗丹看来，面对同一个事物，一百个艺术家更有一百个理解和一百种表达，而你务须找到你自己的那一种，如此的艺术才是有价值的、不可取代的艺术。天才的艺术家总会触及独特，获得自己的发现，并以完美的手段将之忠实地表达出来，那就是艺术。这也正是罗丹尊重大师而不盲从大师的原因所在。

他遵从自然，但并非机械的描摹与照相。他遵从物象和自我的自然，将客观与主观、现实与艺术浑然地融合在一起。当被问及为何画出的和看到的不完全一样时，他说他遵从的是他自己的感觉，这感觉就是他自己的自然，也是他于书中反复讲述的"内在的真"。在他看来，艺术家的作品要有他自己"固有的内心的意义"，"美的作品是人的智慧与真诚的最高表白"。无论是内省甚深的艺术家，如伦勃朗、鲁本斯画出紧凑的素描、严肃的颜色和有如数学般的正确，还是具有诗人之心的画家，如拉斐尔、柯勒乔、安德烈亚·德尔·萨尔托画出柔婉、温和的线条和色彩，都是依了各自内心的倾向。"一切线条都要能表白，就是要能起到内心的传达。"罗丹说，"总之，所谓杰作是一件作品，其中再没有浪费的、无意义的部分，它的形、它的色、它的线，一切的一切都归纳到大师的心魂的表现上。"大师以他的理想去染色物质的世界，发现从未觉察到的精神的宝藏，教人们"以新的理由去爱人生，以新的内在的光明去烛照他们立身行道的大路"。在罗丹的眼里，米开朗基罗的作品是创造力在活的人体中奔腾，而罗皮阿却是使人感受着神明的微笑；柯罗在绿林青草和湖泊之上看到无穷的仁慈，米勒却发现痛苦与忍耐。艺术家依着自己的性格，赋予自然以柔和或强烈的灵魂，并在自己的作品中表现出来。

罗丹强调思想深度，在他看来，每一件艺术品，都应有其独特的思想内涵。他洞悉人物心理，通过石头表达出来，正如葛塞尔在罗丹的工作室看到的，很多雕像都"沐浴着思想的光辉"。而在解读自己的作品《默想》时，面对那个无手无脚、低头沉思的雕像，罗丹说："这是有意的。她是代表'默想'，故既无手来动作，亦无脚来行走。这个妇人是象征人类的智慧遇到了不能解决的问题，为无法实现的理想所苦，对着抓握不住的'永恒'烦恼的情景。"别人的雕塑只是雕塑，他的雕塑之上，有着无尽的内在风景和不息的哲学追索。

在博物馆里，他也以非凡的鉴赏力，钟情于有思想深度的作品。看到乔尔乔内的《牧歌》，他想："人类的欢乐究为何物？从何处来？往何处去？生存的谜啊！"看到动作猛烈但不失均衡与调和的《萨莫色雷斯的胜利女神像》，他领略到"他们的胜利，即是自由……和我们的真是不同呢"，继而联想到自由的相对性和希腊理想的缺陷，"实际上，她并非是一切人众之自由，而是高贵的心灵之自由。"那些征服者不会有这样的感受，而这正是希腊理想之缺陷，他们对于弱者毫无温存的同情，也不知道在每颗心中都有着天国的灵光，因此"希腊之美对于一切不能理会高远的思想的东西，都显得专横残暴"。而《米洛的维纳斯》则被他看作神品中之神品，美妙的节奏，思索的情态，微向前倾却无不安烦恼的情调，使他感受到"经理智熏染过的生之喜悦"和其所诞生的国家、民族及其精神氛围。在他眼里，甚至柯罗、卢梭的风景画里都隐示着震撼心魂的内在深度。"你只要看艺术上的杰作，它们的美都是由于艺者自以为在宇宙中探到的神秘及思想之美。"他对葛塞尔说。

"而神秘，即是至美的艺术品所浸浴其间的氛围。美的艺术品的确表示一个天才对着自然所感到的一切的情绪。它们以竭尽人的智力所能发现的光明与壮美来表白。"神秘，或是美的艺术品所具有的时间深度，心魂追念想望的梦幻的王国和无边的自由境界，则是令罗丹感念至深的神秘，从这里，他看到了无穷，于是走向了无穷。看到了未知，于是挣脱时间，走向了未知。

罗丹不被他人改变，坚持自己的艺术主张。他常常无视主顾的要求，坚持雕刻出人物真实的内在面貌，保持自我作为一个艺术家的独立坚持与识见。和别的艺术家一样，工作中他最难对付的常常是他的主顾，主顾常要求艺术家将自己雕刻成"有官阶的或上流社会的偶像，要把他的自我完全抹杀而专去表彰他在社会上的身份和地位。这样他才欢喜"。一般的画工会迎合主顾心理，而这对于罗丹而言，简直就是抑制自己的天才，所以他无法忍受。

"雕像或画像愈是做作得厉害，愈像一个呆板的泥娃，而主顾却愈是满意。"但他不会，他不会那么做。别人是为主顾工作的，他是为自己、为艺术而工作。他说："所以要做成一个好的雕像，必得经过一场艰苦的奋斗。最要紧的是不能示弱，要对得住自己。"在这一点上，他崇尚提香、乌东，而自己刻刀下的雨果、巴尔扎克、达卢、沙瓦纳、洛朗斯也都断然地打破了范式，流露出深刻而丰富的人性，他的《思想者》更是带着难测的深邃与力度，成为深具代表性的传世经典。有时候主顾请他雕一件作品，兴致和灵感来时，他义务为对方雕出了六个，比如《加莱市民》。为了艺术和思想的完美呈现，他希望这组雕像放在加莱市政厅前，而不是禁锢在冰冷的石头底座上，虽然彼时他的愿望未能实现，但他确怀着那样的想望。

真正的艺术家是不被禁锢的，天赋的才具使他具有博大的野心，就像他崇拜的米开朗基罗也曾一度设想雕刻整座山头。而罗丹的确受了米开朗基罗的影响，自称其一生"是在雕塑上的两大倾向——菲狄阿斯与米开朗基罗中间彷徨着"。他认为"米开朗基罗的调子，深刻的人类精神，努力与痛苦的挣扎，这是最崇高最伟大的思想"。但他却无米开朗基罗的悲观，不赞成米氏的"生之厌恶"，在他眼里，"尘世的活动，不论它怎样残缺，总还是美善的"。

天赋之外，离不开深入的功夫。没有一个天才是不需要用功就能成为天才的，然而天才的禀赋确可驱动艺术家不息并愉快地劳作，将工作做到极致。想要极致表达的大艺术家罗丹为了雕刻好他的作品，曾以不同于常人的眼光，对不同族类、不同人种、不同性别、不同年龄的人体，以及前辈和同时代同行大师的作品做了深入透彻的研究，他细致地观察身体与心理的联动、光影的变幻，并以速写记下瞬时的印象、感觉以及自我的心理反应，他探寻经典作品于光影下呈现的细节和秘密并加以借鉴，去塑造自己活的、有生命、有呼吸的作品，这些作品通过动作、表情、大理石上的凸凹波动以及艺术家自身的情感、气息表达出来，释放出人类或欢乐或痛苦或喜悦或哀愁的永恒内涵。在无生命的、死的石头之上，他要以活的再现与昭示，将人类引向有生命、有联想、有憧憬、有思考的未来。由是于一石之上，他不断地挣脱，挣脱，执着地向着深处和广处开拓，直至那石上的作品带着无可阻拦的力量跳出了石头，跳出了框式，跳出了他的时代和他的国。

交谈中，他向葛塞尔讲述了许多绘画的理念，同时传授了许多细节和技法、技巧，对于艺术爱好者和修习者均有裨益。通过对经典范例的讲解，他告诉葛塞尔，雕刻艺术的生命是由姿态和动作呈现的，而艺术表现姿态的秘密在于动作与动作间的中间变化。平日里，他用铅笔最快地记录各种姿势，并称自己记下的不是线条或色彩，而是动作，是生命。此时他又强调抓住全体真相，删去无关紧要的琐细。"真正的美的素描与风格是令人为它所表现的内容所吸引，而无暇去称颂它们本身。色彩也是如此。实际上无所谓美的风格，正如无所谓美的素描或色彩。唯一的美，即蕴藏的真。当一件艺术品或一部文学作品映现出真，表达深刻的思想，激起强烈的情绪时，它的风格或色彩与素描显然是美的了。"大艺术家不追求风格，顺应自然而自成风格。

在罗丹看来，雕刻可以是凝固的戏剧，以戏剧的形式表现情节。但雕刻作品要有其自身的独立性，即使取材于文学作品，亦应无须借助文学而使人领会。他在作品中践行自己的理念："如果我在作品中表白某种情操，我自毋庸为之做详细的解释，我并非诗人而是雕塑家；人们应极明白地在我的雕塑上读到我的思想，否则我也不必来表现什么情绪了。"

而罗丹从事雕塑实属偶然，在他年幼之时他常常出入卢浮宫看画，眼花缭乱的画展曾使他迷恋不已，但他买不起颜料画具，因此选择了只需用铅笔和纸张的雕塑的描画，却从此一发不可收拾，勾引出对艺术毕生的热爱与奉献。在罗丹的头脑中，艺术家就是以工作为乐事的人，虽然他知道，为时代注入新思想、新倾向的大师们常常不为时代所接受，"有时，他们整个的生涯，都花在与因袭战斗之中。他们天才愈高，即愈不被人了解。"但他相信，"造福于人类的行为，必有其伟大的后果。"那就是他们的作品连同他们的名字会传诸后世。"我在尽我所能把我视觉中所看到的事物表白出来的时候，我力求有所贡献于人类。"罗丹说，"今日的人只知注意他的利益，我要使这实用主义的社会知道，颂赞艺术家至少与颂赞实业家或工程师于他有同样的利益。"

"没有生命，就没有艺术。"而艺术，又使人"悟到生命之来源"。为了艺术的生命和生命的艺术，大艺术家罗丹耗尽了自己的一生，他将带有自己和人类生命气息的作品留给了我们，在卢浮宫，在中国国家博物馆，在世界各地，跨越时空与人类进行久远的对话，以力和美感应着世人。为此，我们不该向他，以及那些不息奉献、为人类留下美妙遗存的艺术家致敬吗？

贝多芬：在痛苦中讴歌欢乐

——读罗曼·罗兰《贝多芬传》[①]

一切的天才都有着相同的特质，他体内天赋的能量和神性的感应必须找到一个适当的载体去呈现，或绘画或雕塑或音乐或文学，这个载体承载了他全部的生命、灵魂和秘密，他不可阻挡、不可遏制，他只能成为天才，而这一切他都浑然不觉。天才的创造使他获得内心的狂喜，使他的生命发出耀眼的光芒，开出美丽的花朵，进入无上的胜境。天才的使命就是创造、庆祝和欢喜。贝多芬音乐的欢乐与高亢不是音符和旋律的高亢，是其内在生命天生不可遏制和掩抑的高亢，他说："是我给人以精神上至高的狂热。"他的《第七交响曲》坦白而无目的，"单为了娱乐而浪费着超人的精力，

▲路德维希·凡·贝多芬，德国作曲家、音乐家，维也纳古典乐派代表人物之一。代表作有降 E 大调第3交响曲《英雄》、C 小调第5交响曲《命运》等。

---

① 罗曼·罗兰：《贝多芬传》，华文出版社2013年版。

宛如一条洋溢泛滥的河的欢乐。"因为蕴含于体内的一切，就得表现出来。这几乎是所有天才的共同特征。他无意于征服什么，而他时刻又在征服着世界，他的世界不在眼前，因为他说："我的王国是在天空。"他无所察觉，他又有所感知，他预知到一切必将发生。

爱情曾给予他短暂的温柔与平和，当他与热恋的特雷泽·特·布伦瑞克解除了婚约，当爱情遗忘了他，他重回了生命的不羁和固有的力，"他完全放纵他的暴烈与粗犷的性情，对于社会，对于习俗，对于旁人的意见，对一切都不顾虑。他还有什么需要畏惧，需要敷衍？爱情，没有了；野心，没有了。所剩下的只有力，力的欢乐，需要应用它，甚至滥用它"。 在他《第九交响曲》沸腾的乐章里，"我们可以听到贝多芬的气息，他的呼吸，与他受着感应的呼喊的节奏……整个的人类向天张着手臂，大声疾呼着扑向'欢乐'，把它紧紧地搂在怀里"。

对他来说，"最美的事，莫过于接近神明而把它的光芒散播于人间。"他说："音乐当使人类的精神爆出火花。"然而就是这个"只在音符中过生活"的天才，上天却让他在他最依赖的感官——听力上发生了重大的问题，这对他无疑是致命的打击和折磨。最初的两年里他与外界隔绝，为的是不让别人发现贝多芬这个伟大的音乐天才耳聋的消息，而在这两年里，他受着无尽的煎熬，在致韦格勒的信中，他说："你简直难以相信我两年来过的是何等孤独与悲哀的生活。"每时每刻，他都期待康复，期待上天还给他创造的能力，"噢，要是我能摆脱这病魔，我愿拥抱世界！"因为他的内在蕴含着无穷的力！而他，只有在这力的释放中才能存活。

他四处求医，期盼着疾病的好转或痊愈，但向好的迹象始终没有出现。绝望之时朋友教他学习隐忍，他却说他要向命运挑战！因为他天生的使命还未完成，他不朽的灵魂、坚强的意志、浸透了生命的欢乐的气息要在音乐中复活！他要谱写明澈如水的《七重奏》，天真梦幻的《第一交响曲》，他要在忧郁的背景中注入欢乐的调子："它是那样的需要欢乐，当它实际没有欢乐时就自己来创造。当'现在'太残酷时，它就在'过去'中生活。"这个不幸的人永远受着忧患折磨，却永远讴歌着"欢乐"之美，欢乐本是他生命的底色！罗曼·罗兰不无感慨地说："一个不幸的人，贫穷、残废、孤独，由痛苦造成的人，世界不给他欢乐，他却创造了欢乐来给予世界！他用他的苦难来铸成欢乐，好似他用那句豪言来说明的——那是可以总结他一生，可以成为一切英勇心灵的箴言的：'用痛苦换来欢乐。'"

然而在某些时刻，艺术家的内心和生命又是全然孤独的，被病魔折磨的贝多芬更加重了这孤独。在"贝多芬遗嘱"这一章的第一页，呈现的即是 1814 年 9 月 20 日他写给李希诺夫斯基的一段乐曲，简短而沉重的音符下面只有六个字：孤独，孤独，孤独。然而在孤独之下，艺术最终挽救了他。他在给他的兄弟卡尔与约翰·贝多芬的遗嘱中说："'是艺术'，就只是艺术留住了我。啊！在我尚未把我感到的使命全部完成之前，我觉得不能离开这个世界。"因为这个主张"艺术结合人类"、必须"不用钢琴而作曲"的艺术家还未完成他的述说……

今天，天才的贝多芬已然离开了这个世界，离开了我们，然而他的《英雄交响曲》，他的《命运交响曲》，他的《月光奏鸣曲》，他的《七重奏》，他的《弥撒典》，带着不灭的生命气息，重又将他唤回了人间，唤到了我们身边。艺术家还活着，天才的贝多芬还活着，还在用他虽然苦难但却欢乐的气息激励和感召着我们，用它音乐中无尽的能量感染和呼唤着我们！本书的译者傅雷先生说：他的《弥撒曲》里的泛神气息，代卑微的人类呼吁，为受难者歌唱；他的《第九交响曲》里的欢乐颂歌，从痛苦与斗争中解放了人，扩大了人——"那时个人已离开了世界，跳出了万劫，生命已经告终，同时已经不朽！这才是欢乐，才是贝多芬式的欢乐！"

罗曼·罗兰满怀深情地说："亲爱的贝多芬！多少人已颂赞过他艺术上的伟大。但他远不止是音乐家中的第一人，而是近代艺术的最英勇的力。对于一般受苦而奋斗的人，他是最大而最好的朋友。""他分赠给我们的是一股勇气，一种奋斗的欢乐，一种感到与神同在的醉意。"而初读《贝多芬传》一度号啕大哭、"如受神光烛照"的傅雷先生则更有一番深刻的感受，在本书《译者序》的开头，他说："唯有真实的苦难，才能驱除浪漫的幻想的苦难；唯有看到克服困难的壮烈的悲剧，才能帮助我们担受残酷的命运……不经过战斗的舍弃是虚伪的，不经过劫难磨炼的超脱是轻佻的，逃避现实的明哲是卑怯的。"显而易见，在他所处的那个动荡不安的年代，他亦曾于贝多芬那里得到刻骨的铭记和深切的鼓舞。

而所有领受了他音乐灵光指引的人们，和深受了他音乐鼓舞的人们，都该向他——这个伟大的天才和欢乐不屈的人致敬。

坂本龙一：真纯无染，我行我素

——读坂本龙一《音乐即自由》①

"十三邀"的一场访谈节目，使我"邂逅"了日本音乐人坂本龙一并被他迷倒——喜欢这个人宽厚、慈悲的笑容里迷人的感染力。他说："任何事物都可帮助我获得灵感。""人生的目标或许是在于获得最深层的意义。""对我来说音乐不是表达思想的，而是更辽阔更宽广的。"

在艺术家于街边敲敲打打的细节中，我们不难发现音乐就是他下意识或者说潜意识的行为，是其生命和血液不可剥离的一部分，而他不加遮掩又略带羞涩的眼神，他无法确定、留有余地的回答乃至他的"软弱"，都让人感受到某种真诚的力量。我不曾与他的音乐相遇，但我相信他的音乐是属于宇宙和未来的，正如他自己和视频里的一位听众所说：永恒的东西，都带着某种超越的力量，穿透时空，指向未来。而那力量，又常常是天赋"自带的力量"，与生俱来，只能如此。总之这个人，就是感染到了我，他的书我要买来读。

---

① 坂本龙一著，何启宏译：《音乐即自由》，四川文艺出版社2021年版。

▲坂本龙一，日本作曲家、音乐制作人、钢琴家。代表作有《圣诞快乐，劳伦斯先生》《末代皇帝》等。

正如我偏爱每一位天才艺术家的作品。

于是，有了这本《音乐即自由》。

《音乐即自由》是坂本龙一的自传，虽然坂本龙一似乎无意撰写这部自传。因为在书的最前面，他说："一时的因缘际会，让我能用这样的方式回顾自己的人生，坦白地说，我对于这个决定不是很感兴趣。拾取记忆里的片段，然后汇整成一个故事这种事情完全不是我的本性。甚至为何会走上今天的道路，为何会踏入音乐这个行业，坂本龙一的回答也是："我自己也不知道。"

音乐将他带到纽约，他说，其实，他根本没有想过要在纽约待多久，或是将来要怎么办，如果音乐需要，未来他还可能搬往意大利、京都或任何一个地方，我觉得自己不是会对土地感到眷恋的人。真要说起来，或许我对任何事都不会太感到眷恋吧。但他在纽约待了下来，因为在他看来，纽约是民族音乐的大熔炉，全球各地的音乐就在伸手可及的地方，还因为他喜欢纽约对于人的淡漠表情，使从小就讨厌被团体束缚的他能够像个无名小卒一样生活得坦然自在，他说这符合他的本性。

顺其自然，不做多想，坂本龙一是诚恳的。展读《音乐即自由》，能够看到坂本龙一的一生，就是跟随本性的一生。他不刻意，不追求，没有志愿，不思忖过去，也不规划未来，冥冥中他只忠于自我的内在本性，深入地与自我合一，我即理想，理想即我，具有一切的天才、天赋与生俱来的特征。

和我在视频访谈里看到的白发苍苍、温和慈悲的坂本龙一不同，青年时代的坂本反叛、倔强、桀骜不驯，当然，也风流倜傥。他逃课，恋爱，组建乐队，组织运动，"总之，我每天就是做自己喜欢的事，过着多姿多彩的人生"。他甚至忘记了毕业的那年，自己拿到的是什么学位，毕业证被自己丢往了何方。他的一生，是音乐的一生，音乐对他的导引，无知无觉，而道路本在。

当然，趋向音乐的道路离不开各种机缘巧合和外力加持，比如母亲的支持、引领，音乐老师的执着、执意，使这粒天赋的种子遭遇了合适的土壤，得到迅速的萌芽和成长，并且一发而不可收拾。在幼儿园的极小年龄，他就在自己创作的《小兔之歌》与现实的矛盾里隐约体会到相当贴近音乐本质的感觉，以至于今日反观、回望，他说：将事情从个人体验中抽离而出，实际留存在音乐世界中，就是借此跨越时空的限制，逐渐与他人共有，音乐正具备这样的力量。

他跟随际遇，从日本到美国，来到一个又一个大师的门下，与众多优秀的同行切磋、砥砺、碰撞，领会音乐的妙处，获得音乐的启迪，得到音乐的滋养。从巴赫到德彪西，从弹奏到作曲，他与音乐深入同在、共通，音乐使他着迷。许多个时刻，他独自与音乐对话，享受音乐的快感。他大胆尝试，不断探索，和有魅力的人共事，用音乐的模式去思考和感受，用音乐的语言去沟通和聆听，深入理解各种事物以及音乐、思想、艺术的共通本源。

但他不满足于现状，他思考如何让听觉从传统音乐的束缚中解放出来，思考如何做出个性鲜明的音乐，呈现与众不同的面目。他钟情于民族音乐，认为那是音乐在某片土壤上的自然生成，无论多么天才的音乐家，也绝对无法胜过长时期孕育而成的音乐。但他首开先例，将冲绳民谣放进流行音乐的架构中，进行新的尝试。虽然他对这个创意天然排斥，但他也认为，作为一种活生生的音乐，冲绳音乐当前所需要的是接触各式各样的事物，逐渐蜕变成现代的音乐，而不是成为博物馆里收藏的民谣。坂本龙一要在这股潮流下培育新芽，有所贡献，并且对此抱有信心。

他从各类音乐中广泛汲取，使自己的道路更加宽广。他走出西洋音乐的瓶颈，到更广阔的音乐空间去吸收吸纳；他在现代音乐严格的逻辑训练中，想象与之相对的自由世界；他抗拒思维僵化，以给自己留有更多的可能性；他拒绝被圈子禁锢，执意创作自己喜欢的音乐，即使与朋友组建乐队，也始终沉浸于自己的内在探索。他尝试全新类型的音乐，让自己变得无限。他融合多国文化，但又不被潮流裹挟，当机械式的电子音乐普及开来，坂本龙一以不使用机械做出的节奏来反叛潮流。当然，他也并非为了反叛而反叛，早在十几岁时，他就对机械制造出来的音乐感到抗拒。

他不断地创新，不断地尝试，不断地挑战，挑战带给他快乐。

五分钟之内一气呵成的速成音乐一度使他觉醒，想着"多少要做得像是流行音乐"的这种想法，一点意义都没有，反而是什么都不想而完成的作品最受欢迎。他的《圣诞快乐，劳伦斯先生》就是突降灵感的产物，当我注意到的时候，乐曲几乎就像是浮现在我眼前一样，甚至连喜不喜欢这首曲子，我自己都不清楚。不求而自得。虽然事实上他并不知道有些音乐为何会大卖，他自己也不是紧跟市场的音乐家。很多的时候是音乐找他,而非他找音乐。当然,在音乐找他之前,他已经跟随天性和天赋做了不曾间断的探索。

在录音室里,他将自己潜意识浮现的念头即兴写下,践行自动书写的音乐理念。他透过音乐、艺术和艺术思潮,洞悉和反思整个世纪的发生。他倾注全力在一部作品中,试图将整个世纪概括其中,展现整个世纪的全部内容。不仅弹琴、作曲,他还读书、思考,触类旁通,使自己的作品具有更深广的内涵。

"9·11"恐怖袭击发生、世贸大楼倒塌时,他拍下刻骨难忘的画面,看到并经历了人类无法言说的恐惧,在它的绝对冲击面前,他说艺术都不算什么了。他憎恨邪恶,但也反对被邪恶同化,反对战争和以恶还恶。虽然他终归只是一个音乐人,对于世态无能为力,他唯一能做的,就是借助音乐,达成心愿。音乐即自由。虽然他的音乐并未阻止战争的到来。

在"9·11"之后一周的无声死寂中,他仿佛发现了艺术的根源。他看到,音乐,是在人的恐惧到达极致前的思考中诞生的。现实,引起了他的深入思考。透过现存的霸权主义端倪反思音乐,他从音乐里洞见了更多的内容。他发现,无论音乐还是文化,很多都是经由美国输入的,欧洲音乐的形成中也掺杂了霸权主义、殖民主义的元素。虽然坂本龙一高度迷恋德彪西的音乐,一度怀疑自己是否就是德彪西的转世和化身,但此时的他已有了新的认识,无论是德彪西、马拉美、披头士,还是巴赫,一切的美好都是假象。他警醒自己，即使德彪西的音乐可说是人类史上最精湛的作品，其中仍含有法国帝国主义、殖民主义的犯罪性。针对这点，我还是要有所认识。

站在世纪之交的转折点上，反观战争和革命给20世纪带来的悲惨局面，他说未来他希望人类能够明智一些，使一切得到改观。如果这个愿望能够成真，那就太好了。他用作品表达期待，传达想望，隐约之中，仿佛还夹杂了一丝厌倦中的悲悯与同情。格陵兰岛的一次环境考察，将他带入人与自然的思考，使他看到人类加诸大自然的负担终有一日会回返人类自身。看到在大自然的雄伟、强大面前，人类不值一提。生活在那片冰山与海水的世界时，我不断感到人类是多么微不足道，我甚至也觉得人类或许已经没有存在的必要了。此时的他索性超越了音乐，参与到环保等一些符合他心性的社会活动中来，身体力行地支持世界向好。而他的音乐也在与生命的合一中得到了升华，因注入更多的人文情怀而变得愈加深刻、宽广。音乐，是他走向理想的桥梁。

在思考中，他拥抱了更宏大的音乐。

他让自己的音乐与现世保持距离，以给自己留有更多的思考空间，给理想留有释放的余地。"我现在身在纽约的曼哈顿，这里可说是全球最富人工色彩的地方，金融危机正是从这里开始的。然而，我在这个地方创作的音乐，说不定最后会与人类世界，或是现在的事件带有一些距离，转而向往远方的世界。我尽可能不做任何修饰，不去操弄或加以组合，让原色的声音直接排列，然后仔细地观察看看。通过这样的方式，我的崭新音乐也将逐渐成形。"

现今全球市场上，音乐的价格正无限趋近于零。面对严峻的现实，他知道，消极于事无补，所以他继续突破、作为，创造新的音乐理念和音乐体验，通过多样元素的搭配组合，孕育出好的音乐并且确实地让听众听见，建立一个创作音乐必不可缺的共享之地。在高级文化和流行文化的界限渐次消失的当下，他尽力推介非听不可的优质音乐，将美好进行到底。他努力在各类音乐和同行间寻找共同的精神源头，给自己的音乐插上翅膀，飞得更高，更远。

他兼容并包，但也抵制先入为主，既成的主义、观点，乃至由此产生的一切杂质杂念，都是他要提防的。音乐就是音乐，坂本龙一不喜欢背负使命感，也反对运动类的活动，相对于为他人工作，他更钟情于自由创作，保持强烈的自我意识。他刻意与社会活动保持距离，能免则免，也拒绝被金钱绑架，因为他知道，一旦收钱去从事音乐工作，艺术就会因此堕落。

他的音乐不在眼前，在远方。

在自传的结尾，他说他不喜欢如此郑重地回顾人生，可以彻底知道，我这个人既不是革命家，也未曾改变过世界，又没有留下任何可以改写音乐史的作品，简单来说，就是一个微不足道的人。但他说："从小到大，我觉得自己一直生活在非常幸运且富足的环境中。主动追求的事情不多，相反，事情总是推着他走，这样的人生被他称作消极的人生，就自己的角度来看，我不太会扩展自己的世界，反而是尽可能地封闭自己，只要能够创作音乐，就感到相当幸福了。不过，环境却让我和许多事情有所交集，而且也获得许多体验，真的是命中注定。"

跟随本性，真纯无染。他的圆满，大概就是天生造就吧。

下编

照亮世界，消失在黑暗中

马可·奥勒留·安东尼：睿智通透的君王

——读马可·奥勒留·安东尼《沉思录》[①]

你难以想象，一个两千年前的古罗马帝王在战火纷飞、灾难频发的恶劣环境中，在享受至高荣耀的巅峰时刻，在料理国事的闲暇间歇，能够有如此沉静、素朴的思索，抛开所有的挂碍，跳出一切的窠臼，挣脱千般的束缚，以平常心了悟世事，以超离心参悟生死，其心境和思想如一泓清泉，如如不动，纯净纯粹，不受外界的丝毫干扰和沾染。这些文字，在跨越了千年之后，读来唯有敬佩。

这本《沉思录》写给他自己，是马可·奥勒留·安东尼与自己的十二卷对话，是硝烟战火暂停的间歇，饥荒灾难缓解的片刻他的自语、自省，又像是自修或自我警戒，是踌躇、徘徊的瞬间自我心灵的安抚与安顿。蜷于一隅的点滴记录，穿越千古的凝思冥想，已成为他日常的习惯，成为他于纷繁万象之中自我修养和矫正的秘密方式。他本未打算让这心灵的独白公之于世，但这灵性、隽永的文

---

① 马可·奥勒留·安东尼著，何怀宏译：《沉思录》，三联书店2008年版。

▲马可·奥勒留·安东尼，古罗马帝国的伟大皇帝。他统治时期被认为是罗马黄金时代的标志。他同时也是著名的斯多葛派哲学家。征战的间歇，他不断写下与自己心灵的对话，从而著就了永悬后世的《沉思录》。

字感应着人类的心灵，还是掸去两千年的尘埃得以面世，带着涌动的呼吸来到我们面前，我不得不说，那是跨越时空，超脱万物、万象的精神力量，在我读到的一刻，它深深地震撼到了我，使我不得不与两千年前的马可·奥勒留·安东尼同频、同在，感受生命不曾更改的宁静、从容的气息，体会生命无挂无碍的大美意象。

美国教授、《一生的读书计划》的作者费迪曼说，《沉思录》有着一种不可思议的魅力，这在我看来毫不为过。一个人应当仅仅使他想这样一些事：即当别人突然问，你现在想什么？他都能完全坦白地回答。想这个想那个，并且从你的话里清楚地表明，你心中的一切都是朴实和仁爱的……一个毫不拖延的如此回答的人是属于最好的人之列，犹如神灵的一个使者，他也运用植入他内心的神性，那神性使他不受快乐的玷污，不受痛苦的伤害，不被任何结果接触……还有比这种坦率更坦率的吗？还有比这种纯净更纯净的吗？还有比这种简单更简单的吗？这个君王的心灵的最深处分明就是一个纯洁无染的孩子，一个天真的婴孩儿。然而这个孩子，已经了悟了人生，参透了生死。身为帝王，他未将自己看得格外伟大，而是清醒地知道，不论我是什么人，都只是一副平凡的肉体。面对死亡的真相，他知道，每个人生存的时间都是短暂的，他在地上居住的那个角落都是狭小的，最长久的死后名声也都是短暂的，甚至这名声只是被可怜的一代代后人所持续，这些人也将很快死去。如果一个人观察死亡本身，通过反省的抽象力把所有有关死亡的想象分解为各个部分，他就将把死亡视为不过是自然的一种运转；如果有什么人害怕自然的运转，那他只是个稚气未脱的孩子。无论如何，死亡不仅是自然的一种运转，也是一件有利于自然的事情。在他眼里，死亡只是组成生物元素的分解，分解之后，组成了新元素，循环不已，

137

生生不息。

有了这份通透，他的内心便没有了恐惧和不安，他周边的一切得到的、未得到的，拥有的、失去的，大事、小事，在他那里都不重要，都不重大。正如他看到，曾经多么显赫的人物历史上的一串串闪耀一时的名单，今天一概都无迹可循，柳西那看见维勒斯死了，然后柳西那死了；西孔德看见马克西默斯死了，然后西孔德死了；埃皮梯恩查努斯看见戴奥梯莫斯死了，然后埃皮梯恩查努斯死了；安东尼看见福斯蒂娜死了，然后安东尼死了。这就是一切。在他看来，没有什么新的东西：所有事物都是熟悉的、短暂的。这个世界上再没有一个比参透了生死的人更为平静、淡定，更为自在洒脱的了。虽然，面对这无法留存、稍纵即逝的一切，他时而亦流露出易逝的感伤：时间仿若一条湍急的河流，刚刚看见了一个事物，它就被带走了，而另一个事物又来代替它，而这个也将被带走……

然而他依然那么认真地要求自己，那么严格地自律，以使自己的品格和德行与日月辉映。他说全然不要再谈论一个高尚的人应当具有的品质，而是要成为这样的人。他自觉地以拥有美德的人为榜样，将自己的心得一条条记下来，强固自己的信仰，并让我们看到渊源，看到脉络，看到这个人的由来。"从我的祖父维勒斯，我学习到弘德和制怒；从我父亲的名声及对他的追忆，我懂得了谦虚和果敢，在我的母亲那儿，我濡染了虔诚、仁爱，和不仅戒除恶行，甚而戒除恶念的品质，以及远离奢侈的简朴生活方式；从我的外祖父那里……从我的老师那里……"于日常的行为、人事之中，他随时随地得到启发，受到教益，广泛汲取以丰富自己的心灵。从他的兄弟西维勒斯身上，他说他接受了一种以同样的方法对待所有人、实施权利平等和言论自由平等的政体思想，和一种最大范围地尊重被治者的所有自由的王者之治的观念；从马克西默斯身上，他说他学会了自制，不为任何东西所左右，在任何环境里和疾病中欢愉如常。从他的父亲身上，他学到使自己能够放弃也能够享受某些东西。灵魂的充盈和饱满使他由衷感恩：我为我有好的祖辈、好的父母、好的姐妹、好的老师、好的同伴、好的亲朋和几乎好的一切而感谢神明。他感谢上天在适当的机缘里夺去他所有的虚骄，让他懂得一个人是可以住在一个不需要卫兵、华衣美食、火把和雕像等东西的宫殿里的，而且一个人有力量过一种私心所好的生活，同时并不因此而思想下贱，行动懈怠。

看透了生死，但他并未绝望，而是愈加珍惜当下的每一寸光阴，保持心灵的平和、自足与自在，使当下的生命生活在欢乐之中。总而言之，甚至一种永恒的纪念又是什么呢？只是一个虚无。那么，我们真正应该做出认真努力的是什么呢？只有一件事：正直地思考，友善地行动，诚实无欺并陶冶一种性情，即快乐地把所有发生的事情作为必然的，正常的，来自同一个原则和根源的事情来接受。没有永恒，活好当下。他对自己说："你现在终于必须领悟那个你只是其中一部分的宇宙，领悟那种你的存在只是其中一段流逝的宇宙的管理；你只有有限的时间，如果你不用这段时间来清除你灵感上的阴霾，它就将逝去，你亦将逝去，并永不复返。""如果你做你生活中的每一个行为都仿佛它是最后的行为，排除对理性命令的各种冷漠态度和强烈厌恶，排除所有虚伪、自爱和对给你的那一份不满之情，你就将使自己得到解脱。"

这还不够，他还在人生无边的虚无和空洞之中沉淀出价值和意义，看到只有一件事有很高的价值——真诚和正直地度过你的一生，甚至对说谎者和不公正的人也持一种仁爱的态度。他告诉自己，置身于这些事物之中而表现出一种好的幽默而非骄傲就是你的职责，无论如何要懂得每个人都是有价值的，就像他忙碌的事情是有价值的一样。读到这儿，我简直感觉到此人的伟大了。谦卑即是伟大，平等心也即佛心。他的灵魂深处，还有着一种执着笃定的美，不管任何人做什么或说什么，我必须还是善的。听上去如此熟悉，就像美已成为我的信仰，流淌在血液里，是种甩不掉，也不可能更改和消失的与生俱来的东西。在善念的驱动下，他时刻提醒自己原谅别人的不足与过失，保持自身的宽容与大度。他自问有什么事情能阻止自己的心灵保持纯净、明智、清醒和公正呢？他以此为荣，以此为乐。

他以天人合一的视角感知万物，以欢迎的眼光看待一切、悦纳万有，达成自身本性与宇宙自性的一致，找到身、心、灵、物的和谐统一。面对生命的神奇造化，他由衷地赞美，啊，宇宙，一切与你和谐的东西，也与我和谐。那于你是恰如其时的一切事情，对我也是恰如其时。啊，自然，你的季节所带来的一切，于我都是果实：

所有事物都是从你而来，都复归于你。在他那里，一切都是最好的安排。生老病死，亦是万物和谐的一部分。他对自己说：那么，也不要不满于你必定只活这么些年而不是更长时间，因为，正像你满足于分派给你的身体重量，你也满足于分派给你的时间长度。痛苦和欢乐一样自然，不必克制，不必压抑，如果身体能够，让它自己照顾自己不受苦吧，如果它受苦，就让它表现出来吧。至于被痛苦损害的（身体）部分，如果它能够，就让它们表示对痛苦的意见吧。顺应自然，不做作，不掩饰，诚实裸露，还有比他更坦然、更洒脱、更通透的吗？

退隐到心灵的最宁静处，他依照自己的本性，聆听内心的声音，不断地更新自我，排除纷扰，使内心变得简而又简，纯而又纯，从而充满回归的欢喜。他对自己说："你管别人是怎么看你呢，只要你将以你的本性所欲的这种方式度过你的余生你就是满足的。他告诫自己：不要扰乱你自己，要使你十分单纯。不要烦恼和生气地对待那些生你气的人，继续走你的路，完成摆在你面前的工作。"他知道，生活中被高度重视的东西也是空洞的、易朽的和琐碎的。没有什么是重要的。这个人的思想与我生命深处的思想有着天然的契合和说不清的渊源，两千年前啊，这跨越时空的，正是人性、本性的能量吧！他对自己说："当你在某种程度上因环境所迫而烦恼时，迅速转向你自己，一旦压力消失就不再继续不安，因为你将不断地再回到自身而达到较大的和谐。"不断地回归，回归本源，回归自性，如朋友在我遇到困扰时曾经对我说过的话："关注别人就是迷失，回到自己就是成长。"安东尼还一遍遍地告诫自己，对万事万物不要有分别心，就像奥修说的不做分别，真正的天真不知道什么是魔鬼什么是天使。他深刻感受到顺应本性的幸福，感受到隐蔽于内在深处的信念和信仰的力量信仰是光，照亮一生，他时刻处在光中，与光同在。

他使自己超离于时间、万物之上，将视角放在了人类和宇宙之上，将自我本性融入天体本性之中，永处愉悦欢喜之中，他的人生便更通达，更超然，更透彻，更圆满。他设想自己被提升到大地之上，俯视人类，观察其差别，瞥见众生的存在，从而看到了事物形式的相同和持续的短暂，于是他反问自己：难道这些事物值得骄傲吗？提升的视角使他看清本质，收起狂妄，亦使他更加地超脱和超然。在他看来，任何一种活动，当它在恰当的时间停止时，它并非遭受到不幸，因为它已经停止；任何的生命，如果它在它恰当的时候停止，它也并非是在遭受不幸。以部分的变化达成整个宇宙的持续更新和完美，是宇宙的本性决定的，无论是活动还是生命，停止的本身是顺乎宇宙本性、合乎时宜和对宇宙有利的。是啊，上天无时不在给予我们启示，于混沌与虚无之中，让我们感受到诗意的存在：在顺境中遇见诗，让我们感受生命的愉悦和欢喜；在逆境中遇见诗，让我们洞见生命的开阔与壮丽。将自身放置于天地万物之间，只不过一滴水珠，一粒微尘，世界上的很多事情本无足轻重，大自然的和谐永在。我们只须在一滴水珠里，照见纯净的底色，现出清澈的模样，在一粒微尘里，开出绚烂的花朵，放出璀璨的光华。顺应四时，悦纳所有。

在书的最后，安东尼平静地对自己说："那么满意地退场吧，因为那解除你职责的人也是满意的。"是的，悦纳所有，放弃即新生，结束即开始。

爱比克泰德：身为奴隶的智者

——读爱比克泰德《沉思录Ⅱ》①

▲爱比克泰德，古罗马著名的斯多葛派哲学家。出生于罗马佛里吉亚的一个奴隶家庭，童年时被卖至罗马为奴，后师从斯多葛派哲学家鲁弗斯并获自由，建立了自己的斯多葛学园，以讲学终其一生。

"农夫关心的是土地，医生和教练关心的是身体，而智者关心的则是自己的精神。"斯多葛派哲学的重要代表人物爱比克泰德如是说。爱比克泰德本是奴隶出身，在古罗马，要挣脱奴隶的身份并非一件容易的事，而爱比克泰德做到了，他依赖的，正是自己的智慧、自己的精神。

然而，一个人的被奴役和不自由事实上并不完全表现在肉体的被奴役和不自由，也并非每一个摆脱了奴隶身份的人都能像爱比克泰德那样获得真正的自由，而往往是从一个桎梏走向另一个桎梏——因为他即使摆脱了肉体的奴役，还会陷入一重又

---

① 爱比克泰德：《沉思录Ⅱ》，中央编译出版社2012年版。

一重新的障碍和困境，一个奴隶，不从一场奴役走向另一个奴役的根本方法就是像爱比克泰德那样，探寻并获得内在的精神自由。

周国平按照古希腊的解释将"哲学"一词译为"爱智慧"，爱比克泰德就是一个爱智慧的人，所以他毕生属于哲学。从早期因呈现出哲学方面的天赋，在主人——一个贵族的帮助下接受高等教育并摆脱奴隶身份，到过完不断思索的、哲学的一生，他的轨迹仿佛受着某种冥定的、神的指引——事实上他也是信神的，"无论我被驱逐到哪里，我都会看到太阳、月亮和星辰，都会有梦和预兆，都会和神交谈"。

他的一生，都在和神交谈。

而他所说的"神"，不是迷信的"神"，用苏格拉底的话说那是大自然的绝对真理、绝对理念，用老子的话说是"道法自然"的大道自然，是大自然的绝对法则，它不受外物、意志、观念的干扰自行地存在着，所谓"天地不仁，以万物为刍狗"。包括人在内，天地间每一个部件、每一个生灵的生死存亡都不会影响和改变它的意志，在它面前都微不足道，自认为聪明的人类在它的面前也无能为力。无论你是喜是怒是哀是乐，它都日复一日、春夏秋冬地运转着，不喜不怒不哀不乐，对你视而不见。认识到这样一个基本的事实，爱比克泰德哲学的一个根本点就是顺应自然，不与自然法则对抗。

但他的哲学并不是消极的，抛开不可改变的自然法则，他将目光主要集中在自身意志发挥作用的地方。"谁是斯多葛主义者呢？他即使身在病中，身处险境，奄奄一息，流放异地，恶语缠身，却仍然感到幸福。他渴望与神同心，不会怨天尤人，从不会感到失望，从不会反对他的意愿，从不会感到愤怒和嫉妒。"在他看来，在自身可控的范围内，处处都是好生活。

当然，首先要区分什么是你能控制的，什么是你不能控制的。意志发生作用的地方只在你能控制的领域，而不在你不能控制的领域。你不能控制的事物，比如拥有什么样的身体、是否生而富足或运气亨通、他人怎么看待你等，均是外部事物，意志在外部事物、在你不能控制的领域发生作用，招致的只能是烦恼。即使你深爱的事物，它也并不属于你自己。所以爱比克泰德只在自身能控制的范围内谈论哲学，谈论人生，不可控的部分，顺应并悦纳命运自然。

"保管好自己的东西，不要去索取他人的东西，好好利用赐给你的东西，不要妄想没有赐给你的东西。" "有些事不是你所渴求的，且与你的幸福相悖，但却在你的控制之内，如果你想避开它们，那么你不永不会遭遇到任何你不想要的东西。不过，如果你试图躲避不可避免之事，如疾病、死亡或不幸（对此你没有真正的控制力），那么你就会使你自己和周围的人遭受痛苦。"对于自由也一样，"自由来自对自身力量的限度与不可避免性，而不与其抗争，我们才能获得自由。相反，如果我们屈从于一时之念，想得到我们无法控制的事物，那么我们就会失去自由"。

在自身可控的领域，自己就是主人。"没有什么事能真正妨碍你，因为你的意志总在你的掌控之中。疾病可能考验你的身体，但你仅仅拥有身体吗？瘸腿会使你的行动不便，但你不仅仅拥有腿啊，你的意志比你的腿更强大。你的意志没必要受一个突发事件的影响，除非你让它如此。""你不是肉体，不是毛发，而是意志。如果你能让你的意志变美，你就是美的。"爱比克泰德说："人啊，你就是神。"人性中蕴含着神性，蕴含着化腐朽为神奇的力量，在自己身上发生的任何一件事，无论被我们称作"好"还是"坏"，都有对我们自身有益的成分，貌似可怕的际遇中，也常常蕴含着机遇，我们都应该以正向、积极的心态吸收过来，"一切都是最好的安排"。

"你给我的，不论是什么，我都能把它变成幸福的、洋溢着快乐的、高贵的、为人们所羡慕的东西。""如果它是好的，它就不会招致任何的'坏'；如果它是坏的，我就跟它没有任何关系。我天生就是为了好的事物和属于自己的事物而活着，而不是为了坏的事物而活着。"

而所谓的"好"或"坏"，只是我们赋予事物的某种观念，而非事物的本身真相，事物的真相就是事物本身，是一种客观呈现，不以人的意志为转移，也无所谓好或坏。伤害我们使我们烦恼的，并非事物本身，而是我们对事物的看法，那看法是我们人为赋予它们的，事物本身不会伤害或阻碍我们，他人也不会，伤害和阻碍我们的，只有我们自己。"凡事发生皆有充分的理由。你怎么想，就会怎么样。不要迷信地赋予事物它们本不具有的影响力或意义。要保持头脑清醒……你可以设想，所以降临在你头上的事情都有某种益处。如果你决定要成为幸运儿，你就会是幸运儿。所有事情都包含对你有益的成分——只要你去寻找。""如果你能以更宽阔的视野去看待每个人的遭遇，欣赏所发生的一切事情好的方面，那么，你自然就会因世上所发生的一切而感谢上苍了。"即使令我们愉快的事物，也是在我们的意志之外独立存在，有其自性，却无悲喜，而其自身的特性与我们碰巧如何看待他们，以及我们自身感受到的悲喜又常常是两码事。"事与人的存在，既非我们希望的那样，也非看上去的那样。它们该是什么样就是什么样。"自然生发，如其所是。

认识到这一点，你便不会再专注于虚妄，不会再把自己的幸福建立在对他人和外物的依赖上，也便没有什么能再伤害你，"期望别人看待你像你看待自己一样，这是不现实的。如果人们是依据错误印象得出结论的，那么受损害的不是你，而是他们，因为被误导的是他们。当某人把一个真实命题看成是错误的，这个命题自身并未受到损害，只是那个持错误观点的人被骗，因此受到了伤害。"当有人挑衅你，挑衅的也是对你的判断，"不要让这些无关痛痒的表象扰乱你的心绪。"不要自责，也不要责备他人。"如果折磨我们的是我们对事物的感受，而非事物本身，那么依此类推，责备他人就是愚蠢的……事物只是该怎样就怎样，他人愿怎么想就怎么想——这些都与我们无关。"不要回避苦难，"遭遇死亡和灾难能使人精神成熟。不要避而不见人生中的痛苦事件，相反，应当直面这些事件，并经常思考它们。通过面对死亡、疾病、失败、失望的现实，你可以使自己从幻象和妄想中解脱出来，免受痛苦，免生嫉妒。"

认识到这一点，你便会在你可控的领域安然地享受当下的存在。如爱比克泰德所告诫的：好的东西，只能在你能控制的事物中找到，不要关注与你无关之事，对与你有关的事却要全神贯注，在与我们无关的事情上被认为愚蠢、幼稚，实际上是件好事，"照顾好你正好拥有的东西。我们不会真正失去什么，也没有什么会失去。当我们不再说'我失去了它'，而是说'它重新回到了它原来的地方'时，我们就获得了内心的平和"，"充分利用降临到你头上的一切。人生中遇到的一切困难，都为我们提供了机会：使我们诉诸内心，并唤醒沉睡的内在资质"。这和我很久以前的思想似乎就是重合的，因此读来倍感亲切。很多的时候，幸福就在生活无限平凡的细节和眼下的现实中，"如果你生活中罗马，那就不要想象在雅典的生活，而应该仔细思考如何在罗马过一种好的生活"。智慧的人享受此时的拥有，愚蠢的人舍本求末。

而人的智慧（爱比克泰德称为"最高理想"），正是表现在自我的意志与自然的法则和谐一致。不违背自然、天意，与其合为一体，如国学所讲的天人合一，同时让自己的意志发挥作用。"天意是圣明的，并且本质上是善意的。人生并非一连串随机而无意义的事件之组合，而是一个有序而优美的整体，它遵循着最终可以理解的法则。"我们遭遇的一切都是神圣秩序的一部分，但内心的平和是可以做到的。"要坚定你的决心——期盼正义、仁慈和秩序。只有这样，它们才会在你所有事务中越来越多地显现出来。要相信上天的存在，它有意图指引着整个宇宙。按照天意驾驭你的人生，并使之成为你的终极目标。"包括生死，都看作自然而然的一部分而无忧无惧。"你的目标应该是：将世界看作一个统一的整体，满怀忠诚地全身心趋向至善，遵从自然的意志并使自己的意志融入自然的意志之中。"他特别强调了要活在当下，活得真实。"当你门窗紧闭、屋内漆黑时，你也并不孤独。自然的意志，就像你的天赋一样，也在你的心中。要倾听它的要求，遵从它的指示。"聆听并跟随内心的声音。

在爱比克泰德看来，好的生活，是内心平静的生活，持久的满足胜过及时的行乐。不要将幸福寄托于任何的身外之物，不论你渴望什么样的身外之物，一旦你过于看重它们的价值，你就会受制于他人。与此同时，"如果你追求高尚的生活，千万不要随波逐流地思考问题"。要戒除头脑中根深蒂固的观念，不要人云亦云，不要按照世俗的眼光去确定是与非、对与错，而是要切实地关注内在，建立自己最为真实的认识和理念，找到自己看待事物的眼光和方法，获得自己的真知灼见，将自我的道德和精神提升作为获得幸福的真正途径。"我们绝不能再随波逐流。否则，我们自身的价值与理想会变得模糊，甚至被玷污，我们的决心也会动摇。"要用一种新的、不同于大众的眼光看待世界万物，生命就是一个不断更新的过程，精神上的求知欲是欣欣向荣生活的一个标志，"沉溺于对自己的知识、能力或经验的过度自傲之中，并企图显示出超过你应有的力量或权威，这是要命的"。要懂得知识的局限，要有勇气保持自性的童真，以无染、无分别的心灵看待万物。要结交那些能提升你、能激发你身上最大优点的人。不要受他人消极观点的影响，要保持超然的态度，避免夸张的反应。要避免最流行的娱乐，"你的生命如此短暂，还有更重要的事情要做"。

"不要试图去赢取他人的认可和赞美。你应该站得更高。""许多人都是让当下的环境决定他们的行为，而你应当有更高的标准。"在书中，爱比克泰德多次使用了"更高"的字眼，正是这"更高"的标准、决心和信仰，引领他走出奴隶的境地，使他的生命发生了奇迹。他说，要和平庸之辈决裂，立志成为一个不同凡响的人。肉体上，他虽曾为一个奴隶，但精神和行动上，他始终保持高贵。他把人生视作赴宴："在其中你的举止应当优雅得体。当菜肴递到你面前时，可伸手取一份，但分量要合适；如果菜肴只是从你眼前经过，就享用你盘中已有的食物；如果菜肴还未传到你这里，就应该耐心等待。""在宴会上，如果你真的饿了，吃最大的一份还说得过去，但这样做并不得体。"他说不要对他人卑躬屈膝、违心谄媚，无论他才华多高，影响多大，"人也只是人"，为了一点点利益这么做的人就是不自由的"小奴隶"。同时他提醒不要过度地谈论自己，不要谴责或褒扬他人，也不要与对你不重要的人讨论你最重要的事，"我们的想法一旦说出来，就会被别人像秃鹫那样尽情享用。他们把对你最重要的东西妄加解释、判断与歪曲，使你心绪低沉……多数人是这样对待某种观点的：只知道抓住这种观点的短处大做文章，而看不到其潜在的优点"。然而不管别人怎么想怎么看，"你要做的就是使自己行为谦恭，同时一如既往地坚持自己的道德理想，不放弃你心中认定的最好的东西。如果你能够坚持下去，那些嘲笑你的人就会回过头来赞赏你"。

有智慧的人，时刻关注的只有自己以及自己的欲求究竟朝向何处，从而保持自己的自然本性："哲学的起点就是要了解自我心灵的状况。""一个人在哪里违背了自己的意愿，哪里就是他的监狱。"有智慧的人知道，无论好事还是坏事，都源于自己。"除了你自己，不要相信任何人、任何事。要不间断地密切关注自己的信念和冲动。""如果你想智慧地过一生，那么就要坚持自己的原则，依靠自己的眼睛。"他们不会指望别人相信他们是有价值、不同凡响、出类拔萃的。"重要的是你做事是出于善良的愿望，结果并不重要。因此，不要太在意别人怎么想，以及结果怎么样，而要遵从你最初的道德直觉，并跟随它前行。"他们清楚地了解自己，按照自己的天赋并根据自己的现实情况行事，不冒进，不自欺，做好力所能及之事，其他顺其自然。他们了解其个人的价值的根源不在外部，"他人，甚至爱你的人也不一定认同你的观念、理解你，或分享你的热情"。人仿佛各自带着一个天线，不是每个人能够或者愿意随时随地接收你的信息，所以，"成熟一点吧！谁会在意别人怎么看你"！智慧的人懂得控制欲望，过简朴的生活，做不为一切所缚的自由人，而哪里有所求，哪里就有束缚，"想要得到自由，用满足自己的欲望的办法是无法实现的，只有消灭自己的欲望才能实现"。

同为斯多葛派的著名哲学家，爱比克泰德的这本《沉思录》和古罗马帝王马可·奥勒留·安东尼的《沉思录》在看待人生、世事乃至生死的问题上有着某些精神的相通，不同的是，马可·奥勒留·安东尼的那一本写给自己，内在而沉静，爱比克泰德这本以第二人称写给世人，亲切而通俗。

尼采：天生在高处

——读《瞧，这个人——尼采自传》①

不看书后的评论，不存偏见或成见地去读尼采，收获的更多的是激动和共鸣，你能感觉到他所有的语言都是出自内心、来自本性，甚至他被人误解、攻击和诋毁也是天经地义的，因为天才毕竟是少数，别人无法理解和容忍他，就像他无法理解和容忍别人。两者无法沟通，因为两者根本没在同一个世界、同一个层面。

尽管有着诸多的不同，我们还是应该听一听尼采。

尼采是反叛的、质疑的、勇敢的。他用天生怀疑的眼光看世界，他要"重估一切价值"，致力于某种"摧毁性的"工作。他说，崭新的世界要在重估一切价值中寻找，要在肯定和相信一切迄今被禁止、被蔑视、被咒骂的东西中寻找。他将犀利的目光移向无人涉足之域，看向人类视而不见之处，他要拨开尘埃，重置世界，建立新的观念和秩序。"我不是人，我是炸药。"尼采说。

被命运牵引的他觉知到自身的能量，也察觉到自身的危险，"我

---

① 弗里德里希·威廉·尼采著，黄敬甫、李柳明译：《瞧，这个人——尼采自传》，华文出版社 2017 年版。

▲弗里德里希·尼采，德国著名哲学家，西方现代哲学的开创者，诗人。代表作有《悲剧的诞生》《查拉图斯特拉如是说》《快乐的科学》等。

绝对是迄今为止最可怕的人。"他说。他从来不同庸人说话，他说他同信教的人接触后必须洗手，他担心有一天会被人们称为"神圣的"，"因为从来没有比圣者更具有欺骗性的了"。"到目前为止人们称谎言为真理"，因此他要重估一切价值，并将之视为天赋和使命，"从我开始才有了希望。不管怎么说，我必然也是一个灾难性的人。因为，真理与几千年来的谎言做斗争时，一定会产生意想不到的震撼和天翻地覆"。

"我攻击的是我们'文化'的虚伪和杂种文化的本性"，尼采说，他看到了"上帝""灵魂""美德""真理"背后的谎言，"但是人们却在这些概念中寻找人性的伟大和人性的'神圣'。"虚假的问题"把危害性最大的人视为伟大的人物——它们教诲别人轻视'微不足道'的事，其实就是轻视生活上基本的东西。"在尼采看来，"他们是人类的渣滓，是疾病和有强烈复仇本能的怪物；他们纯粹是引发灾难的、完全无可救药的、仇视生命的非人"。他时时提醒自己免受"伟大的绝对命令的污染"，提醒自己提防"任何大话"和"任何伟大的姿态"。他不能被同化，不能随波逐流，不能人云亦云，他对世界有着自我犀利的认知，而他自己，则将"十分纯净"作为生存的先决条件。人类的思维的确有着许多奇异的方式，天才，更是不按常理出牌，他看到了别人没有看到的，触及了别人没有触及的，他亦须拥有别人没有的勇气和力量，去与固有的世界抗衡。

尼采质疑既有的一切，他拥有天生的对立面，他引起自然的恐慌，遭到天然的误解，但他貌似疯狂和反动的学说，实际却是建立在对生活、对生命的尊重与肯定之上的。他反对道德，反对无私和"去自我"。道德在他眼里就是教人去蔑视生命的第一本能，为了使人蒙受耻辱，走向毁灭，虚构出"灵魂""精神"，在"非人格化"和"仁爱"中颠倒较高的价值，那是"最彻底地否定生命"。"谁揭开了道德的面具，他也就发现了人们现在或过去信仰的一切价值都是无价值的。"

他反对基督教和上帝，在他看来，基督教否定一切美学价值，从最深刻的意义上来说，基督教就是虚无主义，而上帝，则是迄今为止"生存的最大非难"。他反对德国和德国哲学，"只要德国够得着的地方，那里的文化就会被捣毁"。黑格尔之外，费希特、谢林、叔本华、施莱马赫、康德、莱布尼茨都被他列入了"骗子"的名单，称他们"完全是制造假面具的人"，"德国人在言语上，举止上表现出不洁净，处在这种已成为本能的心理上的不洁净氛围中，我感到呼吸艰难"。他说："被人们视为一个卓越的藐视德国人的人，这甚至是我的抱负。"他排斥德国就像德国排斥他："我无法忍受这个种族，与这个种族总是相处不好，他不喜欢与众不同的人——天哪！我就是一个与众不同的人——这个种族的人脚下没有智慧，因此，从来不会走路……说到底，德国人根本没有脚，他们只有腿。"

在彼时文明结出硕果、道德高筑、基督教一统天下的西方社会，尼采仿佛黑暗中一道电闪雷鸣，寂静中一团刺耳的不谐之音，顷刻间引起震荡与恐慌。

然而"破坏"是他的使命。他说他就是天命本身，肩负着人类和历史的命运："我知道自己的命运。总有一天，我的名字要同那些对非凡事情的回忆连在一起。""在我之前没有人知道正确的路，向上的路：从我开始，才又有了希望、使命和遵循文化的道路——我是文化的快乐使者……正因此，我也是命运。"他确信自己攻击两千年来那种违反自然和亵渎人类的言行会取得成功，期望那些有崭新生命的人在地球上"重建生命的繁荣"。

和所有的天才一样，也许是因为他看见了，所以他对自我有着深刻的觉知和绝对的自信，"我为什么这样有智慧""我为什么这样聪明""我为什么能写出这样优秀的书"，开篇的三个标题就足以令人震撼了，继而他又说："凡是能吸入我著作的气息的人，他就会知道，这是一种高空之气，一种令人振奋之气。"他不虚伪不掩盖他无所顾忌，他在《查拉图斯特拉如是说》中借查拉图斯特拉之口表达他自己："我以这部著作给予人类以前所未有的极其伟大的赠礼。这部书发出的声音响彻千古，它不仅是世界上最崇高的书，真正散发高山空气的书——人类在遥远未来的全部事实都包含在其中——而且也是最深刻的书，它来自真理的最深处，它是一口取之不尽的宝井。"在他人看来，那是疯狂是偏执是病态是不可理喻，但在尼采心里："一言一语，点点滴滴，从无限灿烂的光源和幸福的源泉中流溢出来。"

那么我们抛开他人，抛开尼采，还是来看查拉图斯特拉和这本《查拉图斯特拉如是说》吧。孤独的查拉图斯特拉用诗人的语言自语："我的厌恶感已经为我增添了羽翼和预见源泉的力量了吗？真的，我必须飞到最高处，去重新找到快乐之泉！啊，我的兄弟们！我已经找到了这口快乐之泉。在这高高的顶峰上，快乐之泉为我喷涌而出……因为这是我们的山峰，我们的家园：我们住在这里，这对一切不纯洁的人和他们的渴望来说，是太高峻了……在未来这棵树上，我们建筑自己的巢；鹰要以它们的喙为我们这些孤独的人送来食物……我们要像疾风那样生活，高高地处在他们的上空，与雄鹰为邻，与白雪为邻，与太阳为邻，疾风就是这样生活着。有朝一日，我要像一阵风从他们中间吹过，我要以我的精神窒息他们的精神：这就是我将来想干的事情。"如此的意境，当然不是人人都能看到并觉知，不是人人都能理解和想象。尼采，天生在高处。

《查拉图斯特拉如是说》被尼采称为"一本为所有人，也不为任何人写的书"，它来自偶然的灵感，在尼采心里却有着"高于人类和时六千英尺"的高度。"将来总有一天，人们会唱着这支歌来纪念我。"尼采说。把真诚性视为最高道德、拥有"胜过所有思想家的勇气的总和"的查拉图斯特拉，寄托了尼采的理想。在这里，"超人"的概念"变成了最大的现实"，超人的查拉图斯特拉用狂热的诗歌语言自语："我是光：啊，如果我是黑夜就好了！但我被光包围着，这正是我的孤独。""我生活在自己的光之中。""夜已降临：啊，我必须是光！"有些东西是生命中天生具备的，仿佛不是他提出了"超人"的概念，而是"超人"自然地向他走来。

尼采说："总有一天人们会说，海涅和我绝对是德国语言第一流的艺术家——我们还大大地超越了纯粹德国人用德语所能成就的一切东西。"天才总是预言家，因为他超越了时间和他自己，有些人，就是有着天生永恒的气质。

天才都是自知的，他超越了时间、时代和他自己，他天生属于未来。尼采对未来亦有清晰的洞见，他说："我来自小鸟从来都飞不到的高峰，我认得还没有人误入的深渊。""我飞翔在向来被称作诗歌的千里高空之上。"但他说他的时代还未到来，所以彼时的他是孤独的，"'超人'这个词是教养最好的那一类型的人的标志"，而这个词引来了"受过教育的有角畜生"的诸多误解，整个德国都没有人发现他。

遭到误解，是尼采天然的命运。然而正如尼采所预见的，他被误解是再正常不过的事，因为他是少数中的少数。常人不解天才，两者间的鸿沟与隔阂不可跨越。尼采知道这命运，认同这命运，但他又知道这命运之中的长远价值，所以他说："我不想被人混淆，同时，我不能混淆自己。"

尼采的思想来自血液，来自自身，而非嫁接于书籍或他人。尼采对于读书的看法与叔本华颇为接近，他说一个只会翻阅书本的学者一天可以翻阅大约两百本书，而最终却会失去独立思考的能力，不翻阅书本，他就不会思考，他把全部精力花在对某事已有看法的批评上，他自己就不用再思考了。"天分很高，思想自由的人早在19世纪30年代已'因为读书而蒙受耻辱'，只剩下像火柴那样需要摩擦才能产生火花——'思想'。——黎明前的清晨，万物清新，早晨，人的精力充沛，这时候去读书——我称之为不道德的行为！"尼采的案头也只有他信得过的不多的几本书，书籍、学说，根本无法影响他、束缚他，所以后来他索性完全扔掉书本，回到自我。

与其说尼采怀有目的，不如说他追随本性，在读尼采的过程中我的头脑里一次次闪现出其与《道德经》的相通处。正如尼采所说，一个人成为他现在的样子，先决条件是：他根本没有料到自己会成为现在这个样子。这不就是《道德经》的顺应自然吗？尼采之所以成为尼采，本也是一件自然而然的事。很多事情于他就是一种本能，"在我的记忆中，我似乎没有为任何事情竭力奋斗过……心中'想要'什么，'追求'什么，胸怀一个'志向'，心存一个'愿望'——从我的经验中，我对这些都一无所知。"他没有愿望、无须奋斗，因为他说他"本来就不缺"，他不知道除了游戏，还能有什么方式可以去承担伟大的使命。这不就是《道德经》的无为而为吗？本有本在，不追不求，不求而自得。一些人，就是天生的得道者、知道者。

尼采对自我的天性有着本能而清晰的觉知："我具有高深的天性，凡是德国的东西都和我格格不入。"他深知自我天性中不易与他人交往的本质特点，是其对纯洁本能的强烈敏感性，"这种敏感性使我产生了生理上的触角，我可以借此探察和掌握一切秘密。"他平静、内观，在孤独中回归自我，自由呼吸，"我整部《查拉图斯特拉如是说》就是一首对孤独的赞歌，或者，如果大家理解我的话，就是一首对纯洁的赞歌。"他说一个人必须在深处，必须到深谷去，才能拥有深刻的、不俗的洞见。这与《道德经》主张的顺应天性、回归本源、观照自身有着天然的契合。西方与东方，尼采与老子，很多东西在这里融会贯通。

生命如一口深井，本身就是无尽之谜，对于尼采，无论我们理解与否，让我们倾听。

萨特：借着光的指引

——读萨特《文字生涯》①

捧读萨特的自传《文字生涯》。这个藐视并超越了诺贝尔奖的人，我们从他的文字里，该去捕捉怎样的气息？当然，无疑的是，真正的文学与生命联结，是血液自然流淌的一部分，超越了一切的名利外物，闪耀着内在永恒的光芒。而萨特，的确是那个与众不同的萨特，他超越了哲学超越了文学，超越了诺贝尔奖，也超越了他自己。

有些东西，神秘，但却的确能被清晰感知。人的根性有时是与生俱来的。萨特自小丧父，母亲带他回到外祖父母家生活，外祖父的爱和位于顶楼的书房成了激发他天赋、培养他文学生机的沃土。萨特不但在很小的时候就把文学当作一种激情，而且自小就意识到了自己身上有着某种天生的根性，这根性使他与众不同。

天赋常常是一种无意间的暗示和吸引。小时候，当母亲的故事跟不上他的求知欲时，他急切地拿起书本对着尚不认识的文字编故

---

① 萨特著，沈志明译：《文字生涯》，人民文学出版社1988年版。

▲萨特，法国20世纪重要的哲学家、存在主义代表人物、文学家、评论家和社会活动家。代表作有《想象》《存在与虚无》《存在主义是一种浪漫主义》《自由之路》等。自传体小说《文字生涯》获诺贝尔文学奖，但他拒绝接受。

事，外祖父的书房自那时起就成了他巨大的诱惑。"我没有扒过土，没有掏过窝，没有采集过植物，没有扔石头打过鸟。然而书是我的鸟和窝，书是我的家畜和畜棚，书是我的乡间。书柜是一面镜子，把世界一并收入其间。它与世界一样无边无际，千姿百态，变幻莫测。"一个神奇的孩子使他外祖父不再翻阅的难懂的作品恢复了生机，他的人生、哲学和文学就是从书籍中起步、在书籍里构建起来的。"总之我的目光在跟文字打交道，品尝着每个字，确定着每个字的内涵。久而久之，这种演戏似的学问培养了我的才智。"书籍的影响，光影般潜移默化，照进了他的生命里。"我骨子里是柏拉图学派的哲学家，先有知识后见物体。我认为概念比事物更真实，因为我首先接受的是概念，而且是作为实实在在的事物加以接受的。"萨特说，"我把自己杂乱无章的书本知识和现实情况的偶然性混为一谈。由此产生了我的唯心主义，后来我花了三十年的时间方始摆脱。"

他以儿童的视角看待书里的事情，看到人们在普通平常的事情上大肆颂扬君王，他并未对君王肃然起敬，而是感叹和指责那些不加分辨只知颂扬的人们的渺小和卑微。"总之，我对一切的理解都是颠倒的。"而恰恰，如老子"复归于婴儿"的视角才是正当的视角，他不知道，这份颠倒里映照出多少成人丧失了的纯净。在家人谴责书本里的弑婴之父时，他说："反正我自己并未面临危险，因为我是孤儿嘛。"读到这里，不知读者诸君是否也像我一样产生了悲悯心。

"在我的空中孤岛上，我是首屈一指的，无与伦比的。"他说。文学的建构，着实如此神奇，使有福享用它的人安于自己的造化。"你们会想我未免太自负了吧，不，我是没有父亲的孤儿，既然我不是任何人的儿子，我的来源便是我自己，充满了自尊和不幸。"他说，"外祖父的宠爱使我自命不凡。"除了爱，外祖父对他的耳濡目染无处不在，"我外祖父在'美'中看出有血有肉的'真'，在'美'中发现高尚的升华源泉。在某些特定的场合——如暴风雨突然在山中爆发之时，或维克多·雨果灵感迸发之际——人们可以达到'真''善''美'浑然一体的最高点。"在彼时，他已隐约领略了这"最高点"的风景，仿佛从一开始就处在了"最高处"。"我已经有了自己的宗教信仰：在我看来，没有任何东西比书更为重要。我把书看作教堂。作为教士的子孙，我生活在世界屋脊之上……我栖在主干——树干——的最高处……我在阳台上走来走去，向行人投以居高临下的目光。"他说："每当——也就是说每天——我由母亲领着去卢森堡公园，只是把我不值钱的外表借给了低处罢了，而我享天福的圣身并没有离开高处。我想现在它还在高处，凡是人都有他的自然地位，这个自然地位的高度不是自尊和才华所能确定的，而是儿童时代确立的。我的自然地位就是巴黎的七层楼，能看见千家万户的屋顶。"那个七层楼，就是外祖父的书房。我相信，这是一种冥冥的感知——我们的生命实际都受着某种冥定的指引，这"七层楼"的表述里，难道不是带着淳朴的深刻吗？"儿时，我确实想配得上这样的高度。如此喜欢高楼顶部的小房间，总怀着一点野心吧，总有点虚荣心吧，总想对我矮小的个子有个补偿吧，不，不见得，因为我不需要往我的圣树上攀：我就出生在上面，只是拒绝下来罢了。"他说。拒绝领诺奖，也缘于这天然的高度吧？

　　而外祖父周围的人，也都"个个顶天立地"，有语法学家、语史学家、语言学家。"这些老人都是无法替代的。他们要是死亡，欧洲将服丧，甚至可能回到野蛮时代，而我周围都是这些老人。"
显然萨特很羡慕他们的显赫成就，这至高的荣誉对他仿佛一种感召，
使他在童年就曾陷入他死后法国的损失也将不可估量的幻想，他说
愿意为此付出一切代价。外祖父的朋友中有一位叫西蒙诺的德高望
重的先生，小萨特看到人人对他崇敬有加，幼小的心灵悄然滋生了
一丝嫉妒——也许自那时起，他便意识到自己体内亦有着一股"伟
大的"力量，使他相信未来的他可以超越被众人景仰的西蒙诺先生。

不光是西蒙诺先生，狄更斯、雨果等众多的优秀人物都在他阅
读的时刻无声地触动着他的神经，激发着他的能量，铸造着他的品
格和精神世界，使他在境界和德行上从一开始也居于高处。还是孩
子的他就已经知道："即使我腐化堕落，放荡不羁，也不会忘记真
正的我应该留在圣殿里。"

此书虽写十一岁之前的事，却非十一岁之前所写，因此仍颇
深刻。

从读书过渡到写作，对于萨特而言是一件自然而然的事。他把
文字看作事物的精髓，写作从一开始就带来无尽的欣喜。"我并不
奢望出版，但竭力使自己相信已出版的正是我要写的作品，我不写
楷模以外的东西。"这潜意识里，显然亦有着某种卓越的追求。"如
果人们普遍相信，作者灵感来临时已在内心深处变成另一个人，那
么我七八岁的时候就认识灵感了。"

后来，在文字中，他说他已经开始发现自己："我在写作中诞
生。""对我来说，写作即存在。""如果我说'我'，这指的是

写作的我。"这种与生俱来的特质，不仅他自己意识到，也被别人发觉。在别人的言谈中——无论那言谈是支持还是反对，是赞美还是指责，都使他意识到自己负有写作的"天职"——这暗示，使他深信不疑，亦使他在这条道路上走向深远。

和今天一样，写作虽然是一个高尚的事业，但却不是一个能发家致富、光宗耀祖的职业。出于对萨特的未来担忧，爱他的外祖父在他成为作家的道路上始终委婉地阻止他，甚至不惜使他相信自己并没有写作的天才。萨特回忆说："简言之，他十分小心地防止我走文学道路，结果反倒促成了我的文学生涯。时至今日，有时心情不佳，不禁寻思，我长年累月、夜以继日地埋头写作，消耗那么多墨水纸张，抛售那么多无人请我写的书，这一切是否仅仅奢望取悦于我的外祖父。简直是一场闹剧：我现在五十多岁了，为了执行一个早已离世的老人的遗志，深深卷入他所反对的事业中去了。"从这个意义上，他说他的外祖父改变了他的一生。

而超越了外祖父的期望的，仍然是冥定的指引。"我是作家，有如夏尔·施韦泽是外祖父，是天生而永恒的。"他说，"我接受的命令已经缝在我的皮肉里，要是一天不写作，创伤就会作痛。"在书中，他依然受到暗示："文人必然历尽艰险，为人类做出了辉煌的贡献。"他感到人们需要文学天才："当他们还未发表第一本书，当他们还未开始写作，当他们还未出世，在巴黎，在纽约，在莫斯科，人们已经焦急不安地，或如醉如痴地等待他们了。"这其中隐含着深刻，超越了职业和小我。继而他想到自身："那么……

我呢？我负有写作的使命吗？反正人们在等待我。""我的使命是真实的，不容怀疑的。""我是人们所需要的啊！人们等待着我的著作。"

种子在体内，总会发芽。他十分肯定地说："我知道我的价值。"他要将自己献给法国，献给世界。事实上，写作从未离开过他，五十年后，在他写这本自传时，他仍在写作，而且他像莎士比亚一样，彼时就预感到他的作品将"与世长存"—— 在他看来，文章是不朽的实体，"我要使我的著作放射耀眼的光芒；当人类消失，图书馆沦为废墟，我的书仍旧存在"。——那是他的另一个生命，是他生命的另一种形式或副本。

他"为了再生，必须写作"，有了这个再生的生命，他并不担心肉体的死亡，他超越了死亡，"在写这本书的现在，我知道迟早我将不中用，明确而不无忧伤地想象即将到来的老年和未来的衰老，以及我喜爱的人的衰老和死亡，但从来没有想象我自己的死亡。有时我向亲近的人——有的比我小十五岁，二十岁，三十岁——表示抱歉，我将比他们活得更长，他们拿我打哈哈，我跟他们一起哈哈大笑。但是人们的取笑没有改变，也决不会改变我的想法"。的确，生命就是无数种的形式，是一次次的转化和再生。萨特的目光，一开始就伸向了长远，他原本不是在现世生活的彼时的一个人，不然，今天的我怎么可能与他相遇呢？

他在书里想象，2013年的人们会从他的文字里获取怎样的信息呢？30世纪，是否有一个金发少年正凭窗而坐，通过一本书观察他呢……2013，才刚刚过去几年，我们和萨特之间，究竟有着怎样的维系？至于30世纪，恐怕那时的我也已不在这里了，我的脑海中还是掠过了一丝忧伤。

"等我风烛残年的时候，我眼瞎的程度超过贝多芬耳聋的程度，我摸着黑创作最后一部书。"萨特说，"我慢慢走向我的终点，唯一的希望和欲望是能写完我的书，确信我的心脏最后一次跳动刚好落在我著作最后一卷的最后一页上。"彼时他仿佛看到了自己的未来，"我让后代来替我爱我自己。那些还未出世的男男女女将来有一天会觉得我可爱，就是说认为我有某种魅力吧，我是他们幸福的源泉。"果然，我们相遇了。而未来，谁又与我相遇呢？

他说："我用未来人的眼睛看待我的一生，感到这是一则美妙动人的故事……我把某个伟大死者的过去选做自己的未来。"站在未来去看待今生，他始终在终极的意义上去生活。"我注定成为英杰，我死后将埋在雪兹公墓，也许在先贤祠已选好位置，在巴黎有以我的名字命名的街道，在外省、在外国有以我的名字命名的街心公园和广场。"这种暗示，始终没有停止，"我是命定的作家，这是毫无疑问的。"

"我历史中的每个阶段都是确定好的，不论发生任何事，不论付出多大代价，反正保持不变。我通过我的死亡观照我的一生，结果只看到一系列已完成的事情，既不能增加，也不能减少。"为什么会有这样的感觉？如我清晰地感觉到生命中有着一条不变的线索和脉络，使自己清晰地看到过去、现在和未来，从而，亦在一种终极的意义上去生活。这是命运感吗？还是某种与生俱来的品质或先兆？而它的确在，从始而终，萨特仿佛都在得到启示。他说："我感到自己的生命短暂而辉煌，好似一个消失在黑暗中的闪电。"时刻的再生，使他感觉自己像个初生的孩子——为什么我也会有这种感觉呢？书中"脱颖新生""听得到旧壳——脱落的声响"这样的词句，对我亦是一种诱惑，引我在潜意识里频频点头：噢，是的，是这样的。不断的更新与再生使他内在的人格日趋完美，以至于他感到"我最好的书是我正在写的书，然后才是最近出版的书"，"唯有出版顺序能给我写好书的机会，明天写得更好，后天写得好上加好，最后以一部杰作告终"。他最后的一部作品是什么？我都想找来拜读了。

　　萨特说，他在很小的时候关注的问题就是永垂不朽，这就是隽永的气质和天性吧。缪塞和雨果身上的机能常在他的身上显现："未来的光明使我的心充满阳光，我沉浸在无限的爱中……我什么感觉也没有，只感到一种节奏，一种不可抗拒的冲击。我开动了，其实早已开动。我在向前进，马达隆隆。我感觉到心灵在飞速跳动。"他感觉是上苍委任他的使命让他奔跑，让他抵达，让他成就。

　　他意识到自己的双重人格，在写作时，他听到他脑子里有人在说话——仿佛受着某种冥定的指引在叙说。他感到有一种东西在他体内势如破竹，锐不可当，同时他感到自己仿佛奉命射出的箭，"穿破时间，直飞目的。"他说："十岁的时候，我好像感到自己如艏柱似的冲破现时的束缚，腾空而起，从此我开始奔跑，现在仍在奔跑。在我看来，决定速度快慢的不是在一定时间内跑过的路程，而是起跑突破的力量。"读到这里，想起早上我还在微信朋友圈留下这样的文字："仿若一个无知的孩子，在旷野中奔跑……"不明就里的朋友调侃说："还能跑动吗？"彼时我脑海浮现出奥修的话："要么你明白，要么你不明白。"无法解释，但我还是略感无奈地做了解释："无碍地奔跑。初生的感觉。光的指引和照耀。"我相信，文学家的萨特亦是因着光的指引和照耀在无碍地奔跑。

"我解除了包围，但我没有还俗。我一直写作。"他说。五十年过去，他不再像小时候那样相信书能救世，但他说："不管怎么说，我现在写书，将来继续写书，反正书还是有用的。文化救不了世，也救不了人，它维护不了正义。但文化是人类的产物。"我们这些苦行僧般的人们啊，在苦行中获得无上的荣耀和快乐。

叔本华：依照本性，特立独行

——读叔本华《人生智慧录》①

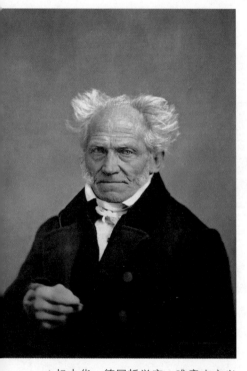

▲叔本华，德国哲学家，唯意志主义和现代悲观主义创始人。代表作有《作为意志和表象的世界》《论视觉与颜色》《论自然中的意志》《论意志的自由》等。

就像爱比克泰德认为事物的"好"与"坏"并非真的就是事物的"好"与"坏"，"好"与"坏"只是人们赋予事物的某种观念，叔本华也认为，我们所处的世界是怎样的世界，主要在于我们以什么方式来看它，不同的人见到不同的世界。有人认为它荒芜、枯燥和肤浅，有人觉得它丰富、有趣而且充满意义。同样一个情景，在乐观的人看来只不过是一次可笑的冲突，忧郁的人却把它当作一幕悲剧，而恬淡的人会认为毫无意义。哲学家作为"爱智慧"的人，所探究和追寻的是生命的本质和人生的意义，他们关注幸福悲伤，以及背后

① 叔本华著，胡百华译：《人生智慧录》，山东画报出版社2016年版。

的动因和根源，那么叔本华的《人生智慧录》又将把我们引向何方呢？

在叔本华看来，地位和财富的不同，并不意味着其内在的幸福和快乐在本质上有所不同，幸福所仰赖的是人的本质和个性，人穷其一生无法逃脱由本性导引的命运，"无论外在环境如何变化，每个人的生命自始至终都具有同一性格，每个人的一生就像用同一主题所写出的不同文章而已"。是人天然的心智能力决定了其能否觅取更高的精神享受，如果内心富足，便无须外求。而隐含于内在的精神和心灵财富永远为其自身保有，"在人生的任何阶段，它是唯一真正而持久的快乐来源"。因此，它比金钱、名利等世俗的追逐物重要得多，"世人所追逐的那些欢乐，对于一个具有高度智力、享尽自己独特个性的人，完全是多余的，我们甚至可说是麻烦和负担"。所以，我们行事的准则应是依照本性，尽可能地选择最适合自身发展的职业和生活方式，"自己"是自己发展和有所成就的最佳来源。

有智慧的人，是能够独处的、卓然不群的人，"一个人的内心愈为充实，他对其他人的需要就愈少，其他人愈不能替他做什么。这就是为什么高度的智慧，会使人不合群"。"一般来说，有人喜欢结交朋友，就因为他智慧低下，个性随俗。我们在这世界的选择，很难超出一端是独处，另一端是庸俗、随波逐流"。一个能与自己和谐相处的人通常是自足的，他无须从外界获取以弥补自身的不足，也无须借助于他人的光来温暖和照亮自己，他就是光，就是喜悦，就是温暖，"为'外我'而牺牲'内我'，也就是为了光辉、官职、排场、头衔和荣誉而放弃个人全部或部分的安闲和自主，是莫大的愚蠢"。

有智慧的人，有着丰富的感受力和生活体验，他观察、思考、欣赏诗文或音乐、学习新事物、阅读、静修、从事发明、搞哲学等等，他有能力对纯粹是"知识"、跟"意志"无关的事物感到浓厚的兴趣。不但如此，这类兴趣对他还是必需的，可以让他生活于十足的神仙境界中。"我们见到智慧高超的人，他的生命具有丰富的思想，生活充实而有意义，自身具备高贵的快乐源头，一旦能摆脱俗务，便为有价值和有趣的事情忙碌。"而只有"天才"，才会将此表现得淋漓尽致，他会绝对地把存在和事物的本质当作主题，用来表达个人对世界的独特观念，经由文学或哲学，对人生有所探讨。这是上天的恩典。在叔本华看来，拥有此等天赋的人优游自在，思想和工作都不受侵扰，因为这是他们急需的。当然，智慧的人很可能疏离于人群之外。

有智慧的人，不会将快乐建立在对外物的追求上，他的快乐不被外物所扰，"一个人若是对某些东西并无希求，决不会觉得有所缺失，没有那些东西，他照样快乐"。他不会依赖名声、荣誉和别人的赞美而获得快乐，"那种导致人家赞美的优秀品质和伟大成就，比之赞美的本身更具价值。真相是，名声不能使得一个人快乐，使得他快乐的是能为自己带来名声的优秀品质"。事实上，一个真正专注于事物本身、对事物本身感兴趣的人是忽略名声的，就像一些大艺术家，在艺术创作上乐此不疲，在作品经营上却一窍不通，或者根本提不起兴趣。作品卖得好坏亦与他无关，卖不卖得出去他都要创作，因为他享受的是创作本身。这样的人，也许表面不合时宜，但内心却是纯粹和幸福的。

有智慧的人，是一个深入自知、自信、不在意他人褒贬的特立独行的人。"每个人的真实生存是在自己的皮肤之内，不在他人的看法上。"是在日常生活的点滴之间，有了这样的认识，将会大大增加内心的幸福感。世人的看法千差万别，每个人的角度和心态也不一样，我们的确不可为他人所左右，最需要关心的，是我们"自己意识中最直接的认识"。排除纷扰，跟随内在的声音，回归本心，返璞归真。如此的一个人，骨子里实际是一个骄傲的人，骄傲来自对自己的直接体认。"只有对自己卓越的才干和特殊价值具有坚定信念的人，才配称为骄傲（自豪）。"在此，他引申出另外一个观点，认为"最低下的骄傲是国家骄傲"。在他看来，一个拥有骄傲品质的人不会依赖与亿万同胞共享的东西而骄傲。这是基于个性的小视角，亦是无碍、无界的大视野。

在强调精神、心智和个性的同时，他并不排斥物质和财富的作用，认为人们爱财是自然的，甚至是必然的，物质基础不仅能够实际地满足某一现实的需要，还能促成精神目标的实现。因此叔本华在书中也强调了重视钱财、建立本金，不可让自己一无所有的重要性。他认为借助钱财，而不依赖钱财，不将自己的人生幸福寄托在钱财之上才是明智之举。而且在他看来，生来不愁衣食的人，通常都是心境超然的人，他无须为生计绞尽脑汁，而是有更多的闲暇深入于自我的内在和本心，内观但不外求。

在以通俗的语言阐述了自己的观点，给予读者诸多建议之后，于"思辨与箴言"一章中，叔本华似乎进入了更为内在、深入的思索，袒露了他的哲学底色——骨子里的他似乎并非总是如上述言辞表现得那么乐观，正如他赞同亚里士多德的观点：明智的人士所致力从事的是免于痛苦，不是寻求欢乐。他总是试图从欢乐的反面去感受欢乐，从幸福的反面去体验幸福。虽然他在前面说过，"我们的生存只不过是在两个永恒之间所占据的无限短暂的一瞬，把握和促进愉快感，应是我们努力追求幸福的最高目标"，但在这里，他又说，我们要尽可能地把目标朝向避免人生中的无数不幸，而不在于求取其中令人欣喜和惬意的事物，"毫无疑问，我们之所以获得生命，不是去享受此生，而是克服此生的困难——走完人生路"。似乎有些自相矛盾，但无论如何，快乐忧伤，幸福困苦，并非时时能为我们左右，世界只是如其所是，因此，我们是否应该顺其自然，坦然地悦纳人生所有？

在他沉重的表达之中，如果说还有一线亮光的话，就是他并不反对活好当下，及时行乐，认为"拒绝现在的欢乐时刻，或是因为对过往和未来不安，而未能珍惜目前的好时光，就是极大的愚蠢"。而对欢乐的感知，是建立在平静的心境之上的，为此，就要减少外界的干扰和刺激，过简单纯朴的生活，与自己和谐相处。在他看来，能否独处甚至与一个人的智力直接相关，孤独，是高贵心灵的显著特征。在此，他特别强调了文学和艺术创造的乐趣，那是一种"罕见的恩典"。而遗憾的是，有些人却因外在的目的浪费了这种恩典，为超出需要的金钱和一切外在事物所奴役，从而走向了沦落和愚蠢。

在这一章中，他还列出五十三个问题并作了解答，从处己之道、处世之道、处人之道，到对世道、命运的看法，一一给出自己的见解。

而接下来英国人伯卢克的一篇《快乐是责任》的代跋却诚正独特，欢喜自然，展示了与叔本华不同的看问题的角度，言语中多了许多明快的调子。"有人要是不快乐，那一定是他自己的过错，因为上天是要让所有的人快乐。"在他看来，人们承受了无限的福祉，大自然的一切声音都可转变为欢乐的歌声。但对欢乐的体验并非建立在外物上，而是建立在对自我和世界的正确认识上的观点，却是和叔本华一致的。

博尔赫斯：无以摆脱的命运

——读威利斯·巴恩斯通《博尔赫斯谈话录》①

博尔赫斯，一位中年后失明、从此口授的作家，谈话中始终带着一份了悟、清醒与睿智。也许，正是于失明的那一个时刻，于内观中他看见了色彩与光亮，看到了辽阔与丰富，获得了直抵本质的洞察力。

不同于众多自恋的写作者，博尔赫斯从不在自己的书房和图书馆摆放他自己的书。他不看别人写他的传记，他也不在意自己的第一本书仅卖出 75 本。在他的个人意识里，政治、金钱、名誉与他毫不相关。写作是他无以摆脱的唯一命运，就像自己必须别无选择地活着，冥定的命运感从小就被他意识到并且跟随了他一生，他顺从并甘于了这命运，他跟随自己的天性和内心的声音，伴着一个又一个灵感不停地书写。他说："作家要以某种天真来写作。他不应当考虑他在做什么，否则，他写出的根本就不是他自己的诗歌。"但他并不将之看得过于神圣或重要，他写了就是写了，从不刻意地

---

① 威利斯·巴恩斯通编，西川译：《博尔赫斯谈话录》，广西师范大学出版社 2014 年版。

去记住，更不会有意地去重温、宣扬或炫耀，回首自己的很多作品，他常常想不起来或者希望并不存在。对于个别令他"反悔"的作品，他还曾去到大街小巷尽力从购买者手里收回，他不在意，他又是那么在意。他看不见自己的"好"，但也无法容忍自己地"坏"。然而他的写作是被动地接受，不是主动地寻找，"写作毕竟是一件十分神秘的事。诗人不应当干预他写出的东西。他不应当让自己介入作品，而应当放手让作品自己把握自己"。含有天赋的写作大概都如行云流水，自然天成。总之博尔赫斯就是博尔赫斯。

▲博尔赫斯，享誉世界的阿根廷诗人、作家、翻译家，西语美洲文学之父。代表诗集《圣马丁札记》《老虎的金黄》，小说集《小径分岔的花园》《阿莱夫》，随笔集《永恒史》《探讨别集》等，这些作品为其赢得国际声誉。

在博尔赫斯的眼里，世人写出的书，只不过就是一本。"我个人认为，所有的作家都是在一遍一遍地写着同一本书。我猜想每一代作家所写的，也正是其他世代的作家所写的，只是稍有不同。"博尔赫斯说。如同《圣经》所言："已有的事，后必再有。已行的事，后必再行。日光之下，并无新事。"

上一代的作家所写的，这一代的作家还在写着，这一代的作家正在写着的，下一代的作家还会再写，所以，千古以来浩瀚的书海中，实际他就只看到了一本。而具体到众多书籍中的某一本（他自己的也包括在内），是被珍藏还是被损毁，在他看来都无关紧要，这一世所出的，下一世还会再出，这一世所写的，下一世还会有人再写。他看待自己的作品也是如此，他说他所有的作品已经被编辑成一卷，"或许只有几页得以流传"。穿越时间，他显然看到了那个永恒的东西。而通透的写作，难道不是围绕这个东西展开的吗？这就是丹纳在《艺术哲学》中所说的"不变"但却恒久的东西吧？而当生命湮灭，一切便也都不复存在了。仿佛是从终极的角度，他看到了国家主义和民族主义的狭隘，也看到自身的无足轻重，就像他始终用肯定的口吻对对谈者说，自己终会被忘记。

失明的博尔赫斯借助一双天才的慧眼，具有直抵本质的能力。也许所有的天才都是简单纯粹、直抵本质的，他们以高度的敏感聚焦到一个点上，而全然地忘却了其他，在这个点上不断地增强、爆发，形成固执的己见，由此以鲜明的个性与特质和他人区别开来，成为所谓的"伟大"者，而所有的伟大都是伟大者于不知不觉中成就的。具体到一首诗，博尔赫斯看到和重视的是诗歌的本身而非诗人，所以除了他所喜爱的惠特曼、斯蒂文森和弗罗斯特，他几乎记不住、也未想过要记住作者的名字，包括自己的名字他也从不放在心上，他说如果可能他希望他的诗歌隐去姓名被众人修改，成为最美的存于世间。他看重的是诗，是美，是那个最内在的部分，不是你的或我的名字，在这个问题上他超越了自我，抛开了成见。

　　作家的谈话录，始终带着很深的哲学意味。他似乎将自己放入了浩渺的时空，从宇宙的视角，观照到了万物乃至自身的渺小，于浮躁的表象中看到永久的虚无与寂灭。不知道这些思想是与《道德经》接通的刹那灵性的产物，还是他从休谟、贝克莱和叔本华那里受到的影响。他曾经研读老子，并曾梦想到中国来。他还是休谟、贝克莱和叔本华的拥趸，他将他们的书不仅仅当作哲学来读，还当作文学来读，在他看来，马克思和黑格尔之前的哲学家都有着很深的文学修养，透过这些书籍，他吸收了哲学，亦接受了文学，在天赋的作用下，呈现别的作家没有的视角和境界。他是一位作家，更是一个了悟了生命的、透彻的人。

　　不但他的谈话如此，被看作"生命最本质的部分"的他的诗歌亦如此，肃穆、高远、恬淡而又超离。

　　　　我的一生

　　　　这里，又一次，记忆压着我的嘴唇，

　　　　我无与伦比，却又与你相似。

　　　　我就是那紧张的敏感：一个灵魂。

　　　　我固执地接近欢乐，

　　　　也固执地偏爱痛苦。

　　　　我已渡过重洋。

　　　　我踏上过许多块土地；见过一个女人

和两三个男人。

我爱过一位高贵的白人姑娘，

她有着西班牙的宁静。

我看到过一望无际的郊野，那里

落日未完成的永恒已经完成。

我看到过一些田野，那里，吉他

粗糙的肉体充满苦痛。

我调用过数不清的词汇。

我深信那就是一切，而我也将

再看不到再做不出任何新鲜的事情。

我相信我贫困和富足的日夜

与上帝和所有人的日夜相等。

简洁，开阔，虚无，通透。他经历的，也是世人经历的。

而在另一首诗中，他仿佛看到了自己从一出生就被赋予的使命。

......

我的双亲生我养我，是为了一个

高于人类日夜嬉逐的信念，

为大地，为空气，为水，为火。

我伤了他们的心，我没有欢乐。

我的生活辜负了他们青春的期望。

我把心用在了艺术对称的执拗

以及它所有织就的琐事上。

……

在神话诗《恩底弥翁在拉特莫斯山上》中，随着"我的孤独沿着平凡的道路在大地上蔓延"，我们看到博尔赫斯的意象是个人的，又是人类的、普世的，因此广大，辽远。让时光的细沙留下永恒和珍贵的，那留下的，将不被时间约束。

阅读抑或倾听的彼时，或许只有沉默。因为这也是我们无以摆脱的命运。

歌德：享受艺术"最高度的快乐"

——读爱克曼辑录《歌德谈话录》①

▲歌德，德国近代杰出的诗人、作家和思想家，被公认为是继但丁和莎士比亚之后西方精神文明的卓越代表。代表作有书信体小说《少年维特之烦恼》、诗体哲理悲剧《浮士德》、戏剧《葛兹·冯·伯利欣根》等。

歌德的助手爱克曼在这本书中以切近的视角和日记的形式详尽记录了歌德晚年的思想和生活，于貌似散淡的日常闲谈中呈现诗人真实的思想脉络。他记录的初衷或许原本只是自我激励，但后来他将这些谈话公之于众，期望更多的人"面对面"地聆听伟人的声音并且从中受益。这受益的人中，自然也包括我。

在书中，歌德以长辈的身份时时给予爱克曼以谆谆教诲，向爱克曼传递一些创作经验。在歌德看来，感悟能力的不同造就了艺术家和普通人的区别："我们周围有光也有颜色，但是我们自己的眼里如果没有光和颜色，也就看不到外面的光和颜色了。"这独特的感受和发现，带给艺术家超于常人的快乐，

---

① 爱克曼辑录，朱光潜译：《歌德谈话录》，中华书局2013年版。

一个真正有大才能的人在创作中感受到的是"最高度的快乐"，而"才能较低的人对艺术本身并不感兴趣；他们在工作中除掉完工后能赚多少报酬之外，什么也不想。有了这种世俗的目标和倾向，就决不能产生什么伟大的作品"。伟大的艺术总是能把猥琐的现实提高到他自己的精神高度。

歌德并不主张作家追求大部头而忽略了身边的生活，他说："如果你脑子里老在想着写一部大部头的作品，此外一切都得靠边站，一切思虑都得摊开，这样就要丧失掉生活本身的乐趣……反之，如果作者每天都抓住现实生活，经常以新鲜的心情来处理眼前事物，他就总可以写出一点好作品，即使偶尔不成功，也不会有多大损失。"为此他还现身说法："我的全部诗都是应景即兴的诗，来自现实生活……不要说现实生活没有诗意。诗人的本领，正在于他有足够的智慧，能从惯见的平凡事物中见出引人入胜的一个侧面。"

好的艺术家也并不一定就是与时代贴得最紧的人，他常常以清醒的认知、超常的直觉或领悟力超越着时代，莫奈、塞尚、凡·高如此，卡夫卡如此，歌德也如此。他在一篇谈话中说："我和整个时代是背道而驰的，因为我们的时代全在主观倾向笼罩之下，而我努力接近的却是客观世界。"他在另一篇谈话中说："一切倒退和衰亡的时代都是主观的，与此相反，一切前进上升的时代都有一种客观的倾向。"当别人劝他学习席勒，他"仍然悄悄地走自己的老路，不去关心成败"。当别人中伤他时，他说这伤害不到他，因为他早已远走高飞了。"作为一个作家，我在自己的这一行业里从来不追问群众需要什么，不追问我怎样写作才对社会整体有利。我一向先努力增进自己的见识和能力，提高自己的人格，然后把我认为是善的和真的东西表达出来。"被大众认可不是目的，而是结果。对于时代风尚，他通过作品分析，还提出艺术家是统治风尚还是被风尚统治的问题，结论是：伟大的艺术家统治风尚而不被风尚统治。即使身处风尚的统治之中，也不能局限在风尚里被风尚围困住，挣脱，即是伟大。在这一点上他特别提到，莫里哀、贺拉斯和哈菲兹，在他看来，这是三个"超然站在各自时代之上"的人。

艺术家既要找到对象的普遍性，又要描绘出事物的个别性和特殊性，生成自己的风格。歌德从人格的角度看待风格。艺术讲究风格，但风格在他看来却非追求而来，而是在人格的引领下自然得来，如歌德所说："一个作家的风格是他的内心生活的准确标志。所以一个人如果想写出明白的风格，他首先就要心里明白；如果想写出雄伟的风格，他也首先就要有雄伟的人格。"很多作家具有进入文学史的野心，但在歌德看来，伟大的作品首先是伟大的人格，只有显示出伟大人格的作品才能为民族文化所吸收。

当然，他并非一个狭隘的民族主义者，而是以更开阔的眼光和格局看到民族文学的狭隘性和局限性，认为诗是人类的共同财产。他主张"跳开周围环境的小圈子朝外面看一看"，并且感到"世界文学的时代已快来临了"。在这一点上，他和罗曼·罗兰乃至那些具有同样眼光和见识的作家、艺术家站在了同一条线上。他站在一个超民族的视角，把邻国人民的哀乐看成自己的哀乐。在他眼里没有国别之分，只有文明和野蛮之分。他说："这种文化水平正适合我的性格。我在六十岁之前，就早已坚定地站在这种文化水平上面了。"跳出德国看德国，他说："如果我们能按照英国人的模子来改造一下德国人，少一点哲学，多一点行动的力量，少一点理论，多一点实践，我们就可以得到拯救。"他期望一百年后的德国人是另一种样子，"不再有学者和哲学家而只有人"。

他以成熟的心态和冷静的眼光看待经典。谈到读书、学习，他认为只有从古希腊才可以找到模范，因其作品描绘的总是美好的人："对其他一切文学我们都应只用历史眼光去看。碰到好的作品，只要它还有可取之处，就把它吸收过来。"他并不迷信经典，而是认识到经典和经典气质同样重要，在谈及《圣经》时他表述了自己的观点，"什么是真经，无非是真正好，符合自然和理性，而在今天还能促进人类最高发展的！什么是伪经，无非是荒谬空洞愚蠢的，不能产生结果，至少不能产生好结果！"无论你读的是什么，关键是你吸取了什么，那里面"有什么光能照亮你"。如果我们需向一些作家学习，自我也永远是主导，"关键在于我们要向他学习的作家须符合我们自己的性格"。"我"永远要立得住。"一般说来，我们只向我们喜爱的人学习。"学习，是为了加固我们自己的品质，我们必须按照自己的轨迹做自己。在莎士比亚面前，歌德即是如此，他说："我通过写《葛兹·封·贝利欣根》和《哀格蒙特》来摆脱莎士比亚，我做得对；拜伦不过分地崇敬莎士比亚，走他自己的道路，他也做得很对。"他知道学习和模仿无法取到真经，为此他打了一个形象的比喻："莎士比亚给我们的是银盘和金橘。我们通过学习，拿到了他的银盘，但是我们只能拿土豆来装进盘里。"

对于作品抄袭他有自己的认识，他认为人们对于事物的认识存在重复的可能性，"世界总是永远一样的，一些情景经常重现，这个民族和那个民族一样过生活，讲恋爱，动感情，那么，某个诗人作诗为什么不能和另一个诗人一样呢？生活的情境可以相同，为什么诗的情境就不可以相同呢？"博尔赫斯在他的谈话录中也曾说过，不同时代的人写来写去，写的也就是那么一两本书，大概也是此意。《圣经》不是也说吗？"日光之下，并无新事"，人类的心路历程不是一直在重复吗？世界如若看透了，大概也十分简单。

他围绕自己的作品谈切身的看法，说出不同于评论家的见解。当人们，尤其是一些高屋建瓴的评论家由他的《少年维特之烦恼》联想到"维特时代"时，歌德宁肯将其还原到个人经历和个人情绪，他说："使我感到切肤之痛的、迫使我进行创作的、导致产生'维特'的那种心情，毋宁是一些直接关系到个人的情况。原来我生活过，恋爱过，苦痛过，关键就在这里。至于人们谈得很多的'维特时代'，如果仔细研究一下，它当然与一般世界文化过程无关，它只涉及每个个别的人。"很多作品的诞生，想必都是源自内在朴素的情感和情怀。推己及人，歌德眼里莎士比亚的剧本也全是"吐自衷曲"。而在谈到他自己的《塔索》时，他索性说"这部剧本是我的骨头中的一根骨头，我的肉中的一块肉"。作品与生命，已经密不可分，成为他生命的一部分了。

作为一个伟大的作家，他与"伟大"有着深切的因应，他主张与伟人和第一流的作家接近，研究他们的思想，接受他们的熏染，向他们看齐，以"使自己的心灵得到高度文化教养"。他说："我们要学习的不是同辈人和竞争对手，而是古代的伟大人物……一个资禀真正高超的人就应感觉到这种和古代伟大人物打交道的需要，而认识这种需要正是资禀高超的标志。"同时他注重天才，看重自然禀赋并在书中多次提及。在他看来，天才具有"创造一切非凡事物的那种神圣的爽朗精神"和"发生长远影响的创造力"，他们的作品因有着鲜活的内在生命而得以持久。在谈及自己的创作心得时，歌德也多次提到将自我的感性气质注入理性题材的作品中，使之获得某种生气。正如每一个天才都能觉察到天才的存在，歌德看重天分，他说："每种最高级的创造、每种重要的发明、每种产生后果的伟大思想，都不是人力所能达到的，都是超越一切尘世力量之上的。人应该把它看作来自上界、出乎意料的礼物，看作纯是上帝的婴儿，而且应该抱着欢欣感激的心情去接受它，尊重它。"回望文艺史上那些闪耀的明星，看看他们的行迹和创造，看看他们的作品在跨越了千百年之后与你所作的深切的呼应，你就知道此言不虚。

在他看来，天才和伟人都有一颗无可限制的自由心灵，并表现出鲜明的个人特征或个人倾向，在他的内在有一种不可抗拒的力量，使他挣脱外界给予他的一切绳索，以顽强的生命力蓬勃生长。天才在某个领域或方面往往还有着他自己的先天倾向，使他在这个领域出类拔萃，卓尔不群。在歌德口中，拜伦冲破教会的教条和教义，但丁诗歌里的"天性"，鲁斯对某类动物的天生同情均属此类。谈到莎士比亚，他说莎士比亚简直是不可谈论的，"莎士比亚并不是一个适合写在舞台上演的剧体的诗人。他从来不考虑舞台。对他的伟大心灵来说，舞台太狭窄了，甚至这整个可以眼见的世界也太狭窄了"。而他自己依靠预感写诗也是如此。他曾以切身的体会对爱克曼说："真正的诗人生来就对世界有认识。"无须经历，他常常通过预感来描绘诗歌的情境。谈及《浮士德》的创作，他说在一些情节的发展上几乎是靠运气，取决于下笔时那一瞬间的心情和精力。此一时非彼一时，活的作品总是流动的，延展的，有着更多的变化和可能性，"神只在活事物而不在死的事物中起作用，只存在于发展和变革的事物中，不存在于已成的、凝固的事物中"。天才和伟人常常走在前面，他是属于未来的，在他的人格和作品中常常有着许多"预兆未来的东西"。

谈及自己的功绩，歌德说他所做的就是"努力在这个思想混乱的世界里再开辟一条达到真理的门路"。人类每开辟一条道路，事实上都没那么容易。在千年的创造之上，再多一点创造，在千年的智慧之上，再多一点智慧，并非想象得那么简单。何况，"日光之下，并无新事"。然而只有那"多"出的一点，才是对世界真正的贡献。其余的都是重复和赘物。那"多"出的一点，对于自己来说是创新、创造、更新或变化，对于大千世界和漫漫时空来说可能什么也不是，在"微不足道"和"忽略不计"之列。走在前面，破格而出的，必是大师和伟人。

因为走在前面，歌德也才感叹"我们这种人永远是孤立的"。天才是遭人嫉妒的，正如人性的复杂，歌德身处自己的时代，也未能幸免这一切，他在与爱克曼的谈话中说："我是许多人的眼中钉，他们很想把我拔掉。他们无法剥夺我的才能，于是就想把我的人格抹黑，时而说我骄傲，时而说我自私，时而说我妒忌有才能的青年作家，时而说我不信基督教，现在又说我不爱祖国和同胞"。继而他感慨："一个德国作家就是一个德国殉道者啊！"

对艺术的品评，是此书带给我的意外情趣和收获。文艺是相通的，歌德和爱克曼在这本集子里时不时地谈论绘画。早年的歌德甚至练习过风景素描，直到有一天他去了意大利，被那片丰沃土壤上的艺术大师所震慑，因自感无法超越而放弃了绘画，然而毕生却保持了对于绘画的兴趣和鉴赏力。作为一位诗人，他说绘画中要有诗的精神，应由伟大的人格将诗和绘画统筹起来，而"我们的画家缺乏的是诗"。"一般地说，我们都不应该把画家的笔墨或诗人的语言看得太死、太狭窄。一件艺术作品是由自由大胆的精神创造出来的，我们也就应尽可能地用自由大胆的精神去观照和欣赏。"他崇尚自然，但不主张抄袭自然，而是需要"本着自由精神站得要比自然要高一层，按照他的更高的目的来处理自然"。同时他强调方法和手段，认为在学习艺术的道路上，既不能抄袭别人的思想，也不能光有思想不会处理和表达，这两种状况都会影响艺术的发展。他谈及传统的继承和超越的问题，认为艺术存在源流关系，是在传统基础上发展起来的，大师是在吸取了前辈精华之后造就的，然而真正有才能的人会摸索出自己的道路，引领风潮或开风气之先，"拉斐尔和他的同时代人是冲破一种受拘束的习套作风而回到自然和自由的"。歌德说，即使学习古人，学习的也是古人的现实精神，"人们老是谈要学习古人，但是这没有什么别的意思，只是说，要面向现实世界，设法把它表达出来，因为古人也正是写他们在其中生活的世界"。无论传统还是现代，画家只有具备了素朴天真和感性具体的特点，才能画出喜闻乐见的作品。

闲谈中，爱克曼也常常听到歌德谈论世道人心，讲述他的人生经验，有一天，他不无迷茫，说"这个世界上的人生来就是不知足的"，人性也永远不会是十全十美的，"一部分人吃苦而另一部分人享乐；自私和妒忌这两个恶魔总会作怪，党派斗争也不会有止境。"另一天，他又以通透的眼光说，"人是一种简单的东西。"坐在自己的家里，他对爱克曼发表自己的看法，向他说明人们需要的原本没有那么多："多余的自由有什么用，如果我们不会用它？试看这间书房以及通过敞开的门可以看见的隔壁那间卧房，都不很大，还摆着各种家具、书籍、手稿和艺术品，就显得更窄，但是对我却够用了，整个冬天我都住在里面，前厢那些房间，我几乎从来不进去。我这座大房子和我从这间房到其他许多房间的自由对我算得什么，如果我并不需要利用它们？"回顾自己的一生，歌德自己也认为其可圈可点的是诗歌欣赏与创作，但总结经验，他也不无遗憾地说，如果没有外界的干扰、限制和妨碍，如果他能够多避开一些社会和公共事务，多过一点幽静的生活，他将会取得更大的成就，在此他引用了一位哲人的话："如果你做点什么事来讨好世人，世人就会当心不让你做第二次。"

这日夜的清谈是迷人的，即使在歌德主持的魏玛剧院着火之时，两人还在不紧不慢地务着虚，谈论着剧本和艺术的问题，说不清是一种佩服还是一种幸运。

"听君一席话，胜读十年书"，在这日日的熏染中，爱克曼时时能感觉到自身的成长，在1823年9月18日的日记中他写道："听了歌德的话，我感到长了几年的智慧。"而朝夕的相处也使他赢得了歌德的长久信任，歌德在遗嘱中曾指定由爱克曼为其编辑遗著。当《浮士德》的装订完成之后，看着自己投入了毕生精力的成果，大诗人歌德长长地松了一口气，他对爱克曼说："我这一生的今后岁月可以看作一种无偿的赠品，我是否还工作或做什么工作，事实上都无关宏旨了。"他将自己最美好的生命，已经转移到了另一个副本之上，这副本，延续至今。

卡夫卡：照亮世界，消失在黑暗中

——读卡夫卡口述、雅诺施记述《卡夫卡谈话录》①

二十三年前接触卡夫卡，只是从他处听来的对他和他的代表作《变形记》的一份模糊的印象，此后的许多年里我却没有读过一本卡夫卡。我的书架上原本是有一本卡夫卡的散文集的，但两年前翻开，也因晦涩或乏味而终于没有读下去——卡夫卡与我似乎并无太多交集和相通之处。然而我没有想到，今天的这本谈话录竟被我读得津津有味。

谈话录的作者雅诺施是卡夫卡同事的孩子，比卡夫卡小二十岁。退避敏感的卡夫卡是怎么和一个孩子如此贴近、发生交集的呢？这个孩子从卡夫卡那里发现了什么或得到了什么呢？实际生活中的卡夫卡又是什么样子的呢？也许是因着这份好奇，书被我读了下来。

而那个孩子的确是个有心的孩子，或者说彼时他是怀着极大的虔诚，在与卡夫卡交往的两年中，把卡夫卡说过的话及时记录下来，以至于在许多年以后、两位都不在了的时候，于音容笑貌和日常生

---

① 卡夫卡口述、雅诺施记述，赵登荣译：《卡夫卡谈话录》，漓江出版社 2015 年版。

▲卡夫卡，奥地利著名小说家。代表作有长篇小说《审判》《城堡》，
中篇小说《变形记》，短篇小说《判决》《乡村医生》等。

活中为我们再现了一个真实的卡夫卡。雅诺施在记录这些文字的时候，他并不知道日后的卡夫卡会名扬中外，成为文坛一颗闪耀的明星，但在那时，他就被星光吸引。他频繁进出卡夫卡的办公室，与之散步、交谈、请教、聆听或争论，敞开心扉，陪伴卡夫卡度过了一段难忘而快乐的时光。

能够给卡夫卡博士带来快乐并非一件容易的事，谈话录中的卡夫卡是压抑、忧郁和退缩的，他与外界仿佛被一道无形的墙隔开，或者说他像是被一个无形的壳包裹着，悄无声息地蜷缩于角落。在工伤保险公司的办公室里，职员的他和文学的他也截然地分裂于两个世界，他人在办公室的大椅子里，心却飘忽在琢磨不定的别的地方。职业是他的宿命，文学则是他逃遁和喘息的一种方式。

"人们无须有特别锐利的目光，就能看到，公务员生活对于卡夫卡博士是一种折磨。"法律处处长的职位给予卡夫卡牢笼般的束缚并使他极端厌恶，他无望地叹息着："我是一块破烂，甚至连破烂都不是。我不是滚到轮下，而是滚到一只小小的齿轮下，在这劳工工伤保险公司的黏黏糊糊的职员蜂房里，我是个微不足道的人。""我就这样让我的生命在办公室里窒息而死。"但自父亲强迫他放弃文学攻读法律的那一刻起，他就不得不接受这个命运了。他坐在那里，却心不在焉；他盯着案卷，却另有所思。他不相信法律能够让世界得以改善，也不相信法律能给人类带来福音和自由。在以约束为前提的法律框架内，他看不到意义所在。面对现实，许多人都迁就度日、甘于平庸了，但他不行，因为他是卡夫卡。流淌在血液里的东西毕竟是压抑不住的，卡夫卡顺应天性和命运，拨开世俗，兀自成长为了文学的卡夫卡。

在那间空洞无聊的办公室里，雅诺施的造访时不时给他带来欢乐，使他孤独、单调的生活有了一丝的活力。他喜欢这个小男孩。身处混沌杂乱的现实社会，敏感、细腻而略显柔弱的卡夫卡博士也许只能和孩子交往，相比于社会往来，和这个小男孩儿交谈显然要简单、纯粹得多。从这个小孩儿身上，他仿佛看到了年轻的卡夫卡，有一日他对雅诺施说："我和您说话，就等于和我的过去说话。"因此安全，自在。变幻莫测甚至有些稀奇古怪的他，时不时流露出忧郁的神情，这细微的变化，仿佛也只有这个孩子能够感知、理解和捕捉。再加上小男孩天性亦喜欢文学和阅读，于是他俩便心有灵犀、无话不谈，他们一起散步，一起畅聊，相互关心，彼此影响和启发，忘记痛苦和烦恼，为卡夫卡天生忧郁的背景镀上一层温暖的色调。雅诺施在自己的父母争吵不休的某一天来到卡夫卡的办公室向他倾诉，卡夫卡锁好办公室，把钥匙放在裤兜里，站起来说："您知道吗？我对办公室不感兴趣，您对一切使您感到压抑的事情不感兴趣。我们组成二重唱，散步去吧。我们得透透空气。"在某一些时刻，他俩同病相怜。

交往中，卡夫卡试图将自己的经验和认知传递给雅诺施，但有时又怕自己悲观忧郁的思想影响了雅诺施，这时他就会置身矛盾之中。

在雅诺施的记述下，卡夫卡是紧张敏感、不安逃避的卡夫卡，正如卡夫卡自称来自另一个世界，"连那些最亲近的人离我也是多么遥远"。他将自己比喻为一只寒鸦，一只"卡夫卡鸟"，对于生活，有着一份隐约的绝望，"因为我的翅膀已经萎缩，因此，对我来说不存在高空和远方。"回到家里，他的心也无法安顿，"家？我住在父母那里。如此而已。我有一间自己的小房间，但这不是家，只不过是一处可以掩盖我内心不安的避难所，而掩盖的结果则是陷入更大的不安。"办公室执意凌乱的桌面、家门前模糊的台阶甚至都成为他掩饰的凭借，以至于某些时刻使他显得神经质。在他看来，世界是恶的，"我们生活在一个恶的时代"，"我们生活在一个充满鬼蜮魍魉的时代"。他身处黑暗，习惯了黑暗，以至于"缺乏对闪光的东西的意识和感受力"。在他看来，"每个人都生活在自己背负的铁栅栏后面"，沉重、压抑。文学是他的避难所，是麻醉剂。然而文学也令他不安，每次他的作品被人拿去发表他都心有忐忑，仿佛突然间被人窥见了隐藏已久的灵魂。正在画着小画的他被人撞见，他也会迅速将纸揉皱，丢进抽屉或垃圾桶，不敢或不愿让人看到。文学和艺术，对他，更像是一种私密的活动，是他血肉生命的一部分。他对雅诺施说："以马克斯·勃罗德为首，一定要把我的东西变成文字，而我又没有力量销毁这些孤独的见证材料……其实我自己也已经堕落，不知羞耻，亲自参与出版这些东西。"而当雅诺施出于崇敬将卡夫卡的作品装订成合订本呈献给卡夫卡的时候，却意外给卡夫卡博士带来了巨大的惶惑和不悦。当雅诺施说他是火、是光、是热时，卡夫卡说："您错了。我这些随便涂写的东西不值得订成皮面的精装书。这只是我个人的噩梦，根本不该印出来。这些东西该烧掉、毁掉，是些没有意义的东西。""我不是光。我只是在自己的荆棘丛里迷了路。我是死胡同。"文学连同命运，于他都是无意为之、本身自带的。

在那一刻的争辩中，雅诺施的预感是对的，他对卡夫卡说："您所谓随便涂写的东西，到明天也许是世界的重要声音。"而卡夫卡隐约看到的，则是文学和艺术背后的"空"和"悲剧性"。

然而，在冰冷的现实和文学艺术这"悲剧"的"空"里，在孤独、逃避的自我意识之外，卡夫卡博士并未丢失对于世界的同情与关爱。在雅诺施的记述下，卡夫卡始终是悲悯宽厚的卡夫卡，这宽厚表现在生活的细节中。面对自己和卡夫卡都不喜欢的人，当雅诺施随意说出嘲笑对方的无知和荒谬的话，卡夫卡就会非常认真地从反面站出来，站到对方的角度，指出这荒谬当中的不荒谬，以及嘲笑他人这一行为本身的无知与荒谬。当雅诺施为他抱不平，他立马就会站到雅诺施的对面，让他对于人生世事多一个理解的角度。当雅诺施评论别人"真是个粗人"，他说："哪里！他只是习惯不同。"当雅诺施说某某人笨，他说："笨是人之常情。"……他是易受伤的，但他永远不会伤害任何人，哪怕这人对他抱有敌意，他是不易理解的，但他永远理解和体恤他人。这是文学不能缺少的素养。而他在工作中出于深切的同情，违反常规主动为一位被升降机压断了左腿、前来理赔的工人出谋划策，并且暗中出钱为他请律师，帮助他申请到更多的抚恤金，则让我看到了文学的悲悯。缺少了这一份悲悯，他的文学恐怕亦将达不到今天的高度。在清洁工的口中，卡夫卡的悲悯都是与众不同的。在卡夫卡生病后，一名清洁工在清理他的物品时对雅诺施讲起卡夫卡："卡夫卡博士是个很正派的先生。他跟别的人完全不一样。这从他怎样给别人东西上就能看出来。别的人把东西塞到你手里，那东西仿佛刺你一样。他们不是给，而是贬低你，侮辱你。有时，我真想把小费扔掉。而卡夫卡给人东西时总让人高兴。比如他上午没有吃完的葡萄。别的人吃剩的东西是什么样子，我们知道。卡夫卡则不同，他总是把葡萄或其他水果整理得好好的，放在一个盘子里。我走进办公室时，他只是那么随便说一句，说我也许用得着这些水果。可不是吗，卡夫卡待我不像老清洁工。"而一切对于卡夫卡，都是天生的。

在雅诺施的记述下，卡夫卡还是洞明世事、尖锐犀利的卡夫卡。闲谈中，"卡夫卡常常发表完全独特的、与众不同的、与常规相左的看法"，他的用词不多，却直抵要害，给人带来深刻的回味和启示，也使他在精神和境界上与周遭的人们区别开来。别人看到的是表象，卡夫卡博士看到的却是本质，别人看到的是浮在表面的聒噪，卡夫卡博士却刹那间抵达内部的深处，也许正是这独特的敏感使他先天具有了文学的素养，注定了他在文坛的地位和影响。而谈论文学在他和雅诺施之间也是家常便饭，雅诺施让他对约翰内斯·R·贝歇尔的诗歌发表看法，卡夫卡说："诗里充斥了喧闹，挤满了词句，使人无法摆脱自己。诗句没有成为桥梁，而成了不可逾越的高墙……语句在这里没有凝聚成语言。那是叫喊，如此而已。"雅诺施向他请教弗兰茨·布莱的文章，卡夫卡说："从脑袋到笔的路比从脑袋到舌头的路长得多、难得多。在诉诸文字时，有些东西就失去了。弗兰茨·布莱是迷了路来到德国的东方轶事作家。"而在卡夫卡的自我意识里，"笔不是作家的工具，而是他的器官"。这当然是天才的认识，只有天才才有这样的觉知。他在潜意识里认为，作家不能逃避自己的使命，"逃避自己的使命是罪孽"，"作家的任务是把孤立的非永生的东西导入无限的生活，把偶然导入规律。他要完成的是预言性的任务"。

这日复一日的交谈和"名言警句"的洗礼，无意中给予了雅诺施深刻的影响，在又一个与卡夫卡交谈的契机里，回首往事，雅诺施在书中写道："我激动欣喜，时间过得十分愉快充实。我不再是一个小小的、无足轻重的职员之一，而是为世界和自己的道德标准争斗的人，一个小小的为人和上帝争斗的斗士。这一点我要归功于卡夫卡博士。因此，我敬佩他，尊敬他。他引导我深入地体验生活，我感到，通过这种体验，我一天天长大，内心越来越自由，越来越善良。因此，当时对我来说，最美好的事莫过于在卡夫卡博士的办公室里和他坐在一起，或者和他在布拉格的街道、花园、过道里漫步，怀着崇敬的心情倾听他讲话。"

当有一日雅诺施走进卡夫卡的办公室，看到卡夫卡埋没于大堆的公文之中，开玩笑地对卡夫卡说："这真是公文之林了，您完全被它埋住，看不见了。"不料卡夫卡博士哈哈大笑，然后说："那就一切都妥帖了。写下来的东西照亮了世界，而让写作者消失在黑暗中。"

这话意味深长，仿若一道谕示，正如许多的天才那样，原来卡夫卡早就知道他自己写下来的东西，将会拥有一个怎样的归宿和未来。

是的，今天，我们的确被那些文字照亮着，而那个写下文字和认真讲述的人去向了哪里呢？

希梅内斯：直觉的勾勒，诗意的交响

——读希梅内斯《三个世界的西班牙人》①

《三个世界的西班人》虽写人物，但通篇就是散文诗。希梅内斯的语言充满了色彩，又灵动不拘，依循直觉快速勾勒，又朦胧、写意，有着不可名状的美。

书的目录，是密密麻麻的一长串人名，那都是与作者有过交往或照面，并被他几笔勾勒出来的一个个"人物漫画"，虽然希梅内斯将这些人物归类为纯净的亡灵、"九八年一代"及其他年代的市井小民、名人和隐士、魔界的可怕人物，但在实际的行文中五类的界限并不分明，只见一个个形象各异的人物活脱脱地浮出纸面，带着朝露晨曦，给人直觉的美感。

"那是乌纳穆诺先生正从山岭间走来吗？他径直向我们走来，好像俯冲的雄鹰或芬芳大海中的一只海豚的行迹路线。"他的人物直接出场，带着光芒。"佩德罗·萨利纳斯就在这里，像一株枝繁叶茂的大树，火红的花和果实一簇一簇，在树叶间若隐若现……他

---

① 希梅内斯著，陈华、葛凯迪译：《三个世界的西班牙人》，江苏凤凰文艺出版社 2015 年版。

▲胡安·拉蒙·希梅内斯，西班牙诗人、散文家、诺贝尔文学奖获得者。主要作品有《遥远的花园》《悲情咏叹调》《一个新婚诗人的日记》和《三个世界的西班牙人》等。

要让永恒的太阳变绿，让宇宙间明净的五月开满花朵。""厄内斯提娜·德·尚波尔辛是刚从哪片燃烧的、危险的欧洲黑莓丛林逃脱出来的吗？她的诗歌原野无疑将是黑色的，周围立着葡萄藤做成的篱笆，只盛开着红色的花朵。"直觉和潜意识里的意象，顺着彼时的感觉从诗人的血管里流淌而出，没有来龙去脉，直奔要害，却不突兀。

"费尔南多·维拉为什么总是如此惊慌？"如此地，他就开头了，直入主题、现场，呈现自己独一无二的感觉，动态的轮廓和气氛一下子就勾勒了出来。他直接以诗歌的语言切入，将人物写成了散文诗，他的句子从源头溢出，带着原始的纯净，又在不停地变幻着色彩，那是一片迷漫的诗情，亦是他最自由发散的领地，这些写下来的文字，在一排排地生长，遇见阳光，花就开了。

他看到安东尼奥·马查多"沿着杂草丛生的红色小径绕着一栋古的塔楼走来。他步履维艰，仿佛不想踩到路上的小花，这些小花一定是为了他才从银色的天空坠落到人间的"。他看到费德里科·德·奥尼斯"胳膊下夹着鼓鼓的公文包快步走着，用右手的拇指和中指按压着太阳穴，试图让不安的大脑冷静下来，脸上不自觉地做着各种表情，一边走一边三下五除二地吃着他的甜点、葡萄、面包和奶酪。这位绿草丛里长出来的英雄……他仍是那个萨拉曼的小男孩费德里科·德·奥尼斯吗"？他看到胡安·何塞·多门齐纳"慢慢走在塞拉诺大街上，正穿过一排枯萎的洋槐树。他的胳膊下夹着一本厚厚的书，几个小孩拽着他的手，像拽着生命纤细的缆绳"。这些，均有着电影般的画面感，抽象中有具象，用绘画的语言就是兼工带写。

希梅内斯是一个速写好手，奇异的念头赋予他的文字以不同寻常的美。画家所画、作家所写，全是他"看"到的，那是一双内视的眼睛。他所有的文字，都是他头脑中的瞬时意象。

他说他喜欢塞拉芬娜·努涅斯"这株直立或坐立的棕榈树"，这个"卓越的十四行诗人！这位前途不可限量的古巴女人，用微笑和哭泣在崭新的光明之地寻找出路，她要逃离这里，因为光明将在另一个地方绽放"。他看到拉斐尔·阿尔韦蒂被伟大而美丽的安达卢西亚母亲带着各种颜色各种味道的海浪安慰着："这些海浪混合了三个国度的生命。突然，他那像雨伞般折叠起的笑容又再次撑开来，绽放在所有地方，这位海港的孩子开始跳起奥莱舞、赫雷斯市的哈雷奥舞和比多舞。""真实而抒情的善良生长于石头、诗人和植被中。从前的丑恶已经过去，持续的春天存在于灿烂的曙光中，并且每一天都在更新。阿莱克桑德雷·梅洛是一面镜子，在蓝色的天幕下，反映出绿色和金色大自然。阿莱克桑德雷·梅洛这棵人形大树和人形塔楼，在他自己的海水中映射出他的天空和他的山脉……这位安静的、全塞维利亚最优秀的诗人正带着春天般健康的笑容在飞翔。"清新的句子，带着天然透明的质地。有时候，他的文字带着湿漉漉的气息，带着朝露，带着霞光，带着初醒的原始、混沌和天然野性的生命力。

天赋，都带着理性拉不回来的洒脱与奔放。

有的名字下，只有一行文字，比如埃尔·格列柯："如同在日全食的黑暗散去后，太阳和月亮同时发出的耀眼光芒。"——希梅内斯用一句话去描述——那是诗人的直觉，多余的，没有了。写到莫伦特，希梅内斯这样开头："我不知道他们具体几点钟来，也不知道他们会在什么时候离去。我只知道他们在那儿，他们经过，他们聊天，他们玩耍……"这样结尾："莫伦特急匆匆地穿过晨间结霜的草原而来。"全部写完，不足两百字。是的，我们怎么可能跟得上诗人的思绪呢？我们也不要用我们的思维去限制他。

希梅内斯对颜色如此敏感，他的文字，不时地让人联想到色彩斑斓的水彩画。他说鲁文·达里奥的写作技巧源自大海，他依照大海的形态塑造诗句，他的彩虹、他的竖琴、他的星星都属于大海。弗朗西斯科在万物之中，万物也在他之中，"又或许，他什么也不是，只是一道光，一道可爱的光"。何塞·亚松森·席尔瓦的诗歌天然而纯粹，具备肖邦所谱写的夜曲、前奏曲和练习曲的美感。费尔南多·德·罗斯·里奥斯常有的笑容再次绽放开来，一直延伸到春天寻状砾芥的根须里，那里有愉快的小鸟和清爽蔚蓝的风。德里科·德·奥尼斯在旅行箱里保留着他那敏捷、灵活、新鲜的蓝色翅膀，他借着它们在卡斯蒂利亚的林荫大道上空飞翔。哈维·德·温图森透过绿色睫毛后面那紫色的双眸，长久地打量着安达卢西亚真真切切的、开阔的美好大自然。诺拉·博尔赫斯是叶中的山茶花，羽毛中的白色鸽子，她言语温柔，像是阿根廷流浪者奏出的乐声。罗莎·查赛尔是舒适、闲散、任性、自由的玫瑰，专注于自己诗歌里的文字和数字游戏，专注于感觉和能力，带着两片叶子、两种翅膀和一个手环钻入风中。苹果和玫瑰融合到一起，从内到外塑造了罗莎·查赛尔。玛尔嘉就像一块磁铁，连她自己都被吸引。胡利娅像一朵大丽花，但体内却生长着一朵紫罗兰，她被包裹在一层紫色的、柔软的纯真中，身上带有紫罗兰的清甜香味。帕洛马雷斯侯爵张着塞维利亚的翅膀，啼叫着欢迎我们。曼努埃尔·雷伊纳身上有着某种说不清的光芒，他是西班牙的高蹈派诗人，是大理石和玫瑰花。胡利安·桑斯·德·里奥是德国浪漫主义哲学太阳照耀下，西班牙围墙所投下的影子，他是一块深紫色斑点，就像夹在书中天芥菜身上的斑点，天芥菜用红色和黄色的斑点去装点他蓝色的回忆。索罗利亚拥有大自然的力量，像海，像风，像火，他的色彩是介于衣服和灵魂之间更内在的一种……

　　看似随意的着笔之中，他凸显着每一个人的个性。在他笔下，阿方索·雷耶斯是所有亟待拯救之人的拯救者，是墨西哥优良榜样与深厚友谊的传承者，是慷慨的给予者："他通过炎热凝滞的空气，从山谷深处，从山川丘陵，从他所在的地方，给我们送来鲜花和水果，从西方、北方、东方、南方和其他的地方，从所有那些他停留过的美好地方。"本哈明·帕伦西亚体内带有春天的视觉，其中蕴藏着愉悦而幸福的节奏，但有时仍会因季节的交替而困惑迷茫，他错综复杂的血管缠绕成抽象的霓虹，难以靠近，他以此来捍卫那些"伟大的"东西。厄乌赛比娅·戈斯麦拥有最初的魅力和最原始的感受，也幸运地拥有她那个种族的所有优点和权利，因此她可以由着性子做一切她想做的事情却还能让自己安然无恙。本哈明·哈尔内斯面带笑意，来来去去，将她拥有的、曾拥有的和将要拥有的全部交给我们，在夏夜繁茂的星空，在阿尔哈玛石砌的城堡旁，在最后一棵杨树圆形的阴影下，她笑得那样开心。胡里奥·安东尼奥带着满足、仁慈和全部信仰，日复一日地将自己的鲜血输送进那些冰冷的、贪婪的、不知足的石头和青铜里。古斯塔沃·阿道夫·贝克尔的现代性体现在他的颂诗和印象派的爱情抒情诗中，那才是空前绝后的永恒花朵。不知道上帝还对哪位作家或诗人像对乌纳穆诺那样好，那样多变，乌纳穆诺随时都与上帝一体。圣地亚哥·卢西尼奥尔讲话时像在唱歌，在起波浪，他不修边幅，执迷不悟，却又无比自然。有人说何塞·莫雷诺·比利亚的声音来自巴赫，希梅内斯说，"也许吧。我觉得他本身就是巴赫谱出的旋律，他用生命在唱属于他的咏叹调。"

听上去多么美好，再没有比拥舞着天性游弋更惬意幸福的了。回到文字，是否便回到了自己？文字是他的灵魂故乡吗？与文字接触的刹那，百合花全开了。他活在诗的世界里，他自身就是一首诗吧？希梅内斯的文字是自然流淌的，如哗啦啦的小溪泛着亮光。打开书本的刹那，便迎来了光，阅读的此时，已然是笼罩在夺目的光亮中了。

光泽感应光泽，美好吸引美好。他的情感总是如此饱满，饱满到一个句子无法容纳，需要浪花一浪浪打来，让人感受到汹涌的大海的力量。希梅内斯以诗歌的方式看人看事，以绘画的语言、想象去写随笔，其中便充满了灵性，他的文字带着天然的激情、浪漫与唯美，在不加约束地飞扬。他接连地使用排比句，以此强化他的激情，达成堆积渲染的效果，而这渲染却不是刻意的。他说达马索·阿隆索的诗歌"存在于他的眼中，他的肩膀上，他的膝盖里，他的口中"。这些排比句，如生命的纹理，自呼吸中出。他色彩斑斓的描写是他丰富内心的投影与流溢，那些句子，如奔突的小溪，带着叮咚的清澈与欢快。

人还是那些人，然而一经他描述就全然不同。

当然人也是会变的，诗人也并非不明是非地一味歌唱。起初，诗人感到佩德罗·萨利纳斯身上最珍贵、最诗意的是他的色彩："这是从洁净的彩虹中炼出的钢，它跨越所有色域。"可是"1923 年的那个萨利纳斯已经变成另一个人了，他被冲昏了头脑。现在他策划阴谋，插手一切，参与政治，变得自私而虚伪，懦弱而胆怯"。

全书密密麻麻的人名中我仅"认识"的三个人——聂鲁达、达利和毕加索中的前两位，在他的笔下也不甚完美。巴勃罗·聂鲁达的《疑问集》因思维的独特曾给我留下颠覆性的印象，可是在希梅内斯笔下，"聂鲁达要想变得许多人所认为和所言传的那样伟大，他还欠缺一些比控制力更微妙的东西。他身上多余的东西比他缺乏的东西更多，尤其是他的不负责任最为多余。他的这种不负责任已经频繁到了令人生厌的地步"。他对人们"将巴勃罗·聂鲁达那混乱的、沼泽般的报刊文学看作一片浩瀚的大海、圣经或是宇宙"表示强烈的质疑。希梅内斯和聂鲁达，两位诗人在是是非非中原本有过不愉快的现实交往，基于这次交往，希梅内斯对聂鲁达的记录也出现了全书少有的苛刻。我在想，这其中有多少来自主观，多少来自现实呢？不好分辨，聂鲁达跟着直觉写诗，正如希梅内斯跟着直觉写"人物漫画"，无论希梅内斯如何批评聂鲁达，聂鲁达依然是那个"混乱中"与众不同的聂鲁达。虽然希梅内斯说聂鲁达不能与胡安·米罗，也不能与惠特曼同日而语，但恰恰是惠特曼的诗歌我没有读下去，聂鲁达的《疑问集》却给了我启发和清新颠覆之感。过去的，是一段轶事，跳出纷扰，看他们的作品给我们留下了什么。

萨尔瓦多·达利虽然未被希梅内斯全盘否定，但也少有地被希梅内斯称为"黑暗画家"，"裸体的他从谎言之井中冒出，像一块污秽的火炭"。

聂鲁达之外，哈辛托·贝纳文特是被希梅内斯猛烈批评的另一个人。"太难受了，太做作了！""除去他毋庸置疑的才智，朴实、简单、轻松的写作方式，以及波浪般和蔼可亲的表面，哈辛托·贝纳文特还有什么呢？""这做作的僵硬、装腔作势、不真实和不舒服有什么值得称赞？"

唯有毕加索得到他的赏识，他说，毕加索带给我们新的灵魂，"在埃尔·格列柯之后和毕加索之前，再没有任何人能拥有他俩这样鹰嘴般尖利的灵魂，即便是塞尚、凡·高、高更或其他伟大而优秀的画家都不曾有"。创新，不断地创新，创新即伟大，颠覆即不凡。

无论赞赏、批评，这一个个熟悉抑或陌生，更多的是陌生中带着拒绝的人名被我愉快地读了下来，实在是出乎意料。那是作家天性和天赋的魅力。这些人名隐去，或终不会留下痕迹，但这些句子留了下来，在内心激起不绝的美感。

人物之外，他笔下的景色更是美丽绚烂，"几点星星挂在夏日傍晚的紫红色天空"，"马德里在如今蓝色的欢愉光芒和过去棕色的悲伤光芒下被打乱顺序，重新洗牌"。色彩，还是色彩，他的情

下编　照亮世界，消失在黑暗中

211

绪和感觉都带着色彩，赤橙黄绿青蓝紫，他的调色盘里，色彩随时都在被自如地运用。"在遥远的马德里那个光芒四射的黎明"，是否有着荷马史诗的意味？

他的文字，处处斑斓。

他的语言，有种诗歌、绘画和音乐混合交响的美，我完全被吸引了。当散文家将自己的思想和情感植入无数个深奥的层次之时，希梅内斯依循直觉，回到原始的直接与单纯，呈现源自生命和血液的天赋能量。上天造人，各有使命。他的血管里无疑奔流着诗人的血。

他不在这里，他在另一个世界，在屏蔽了世界之后的另一个纯美的世界。他的头脑中只有诗，所以他用诗歌的语言和诗歌的心情去描述。徜徉在他的节奏里，是一种享受的感觉。虽然，他所生活的西班牙曾经是一个战火纷飞的悲伤之地，一度沦陷在"充满了噪音、叫喊以及恶劣气候、生活不便等的巨大悲伤中"，美学和科学在重重阻碍下举步维艰，"在西班牙写作、绘画、思考、雕刻、占星、发明或研究在西班牙就等于哭泣"。但他的文字仿佛跳出了悲伤，这是他于悲伤破败之中为自己开拓出的一片希望和光明之地吗？他说："唯有创作能盖过造物主产生的噪音。我的工作就是要理清我的混沌，我需要完全隔离，因为我要聆听宇宙的声音，它的声音完整地弥漫开来，这种声音和生命的声音一样，不会让我感到心烦。"那是他的本能。

书的最后，是一个个短章串起来的长篇散文《小银与我》，是他和他的小毛驴一起，在他的家乡摩格尔度过的诗意中夹杂着现实，平静而又略显黯淡的乡间生活。小银，这头可爱的小毛驴，是他忠实的伙伴，须臾不离的朋友，也是他终日倾诉的对象。他对小银讲话，也是在不停地自语，他与自己的伙伴一起历经世事，度过摩格尔的春夏秋冬。

　　此时的阳光照在书本上，氤氲出一片美好的心情，这是清晨的最好时光。而我如一株小草般拼命地吮吸，吮吸，深入根须。读希梅内斯的文字是愉快的。

兰波：以“破格”成就伟大

——读《兰波作品全集》[①]

庸常的艺术家与天才之间隔着一道难以跨越的鸿沟，在艺术的至高点上有着一步之遥却永远无法跨越的距离。

所有天才的作品都是自然天成的，是与生俱来的血液推动着他去成就，那是他生命自然而平常的一部分，他不得不顺应，不得不寻找，不得不释放，不得不以“破格”的姿态去完成他的创造，凡·高如此，高更如此，罗丹如此，杜尚如此，萨特如此。他不可被装在一个既有而固定的框架里，他只能成为他自己。如兰波被译者称为一个“通灵者”，他在他的文字里处处突破标点，突破气息，突破可以想到的一切思想和情绪，固执地成为他自己。“未知的创造呼唤着新的形式”，他又只能成为他自己。换一种情感便不是兰波，换一种表达便不是兰波。正如人们无法两次踏入同一条河流，人们无法重复和捕捉他的思想，那些灵魂闪烁的句子始终如神启般地兀自流淌。

---

① 阿尔蒂尔·兰波著，王以培译：《兰波作品全集》，作家出版社 2011 年版。

庸常的从艺者也许会嫉妒或诋毁天赋，那是因为他们因庸常而与"天赋"永远相隔。天才也许不会对"天赋"作过多的思索，因为那是他太过平常的本来和本有，生活的点滴都可能是天才不俗的创造和示现。他只能如此说，他只能如此做。他不自知又深切自知，他知道"早晚有一天，我将凭借本能的节奏，发明一种足以贯通一切感受的诗歌文字。我保留翻译权"。诗人兰波将诗人比喻为真正的盗火者："他担负着人类，甚至动物的使命；他应当让人能够感受、触摸并听见他的创造。如果它天生有一种形式，就赋予它形式；如果它本无定型，就任其自流。找到一种语言——再者，每句话都是思想，语言大同的时代必将来临……这种语言将来自灵魂并为了灵魂，包容一切：芳香、音调和色彩，并通过思想的碰撞放射光芒。诗人在同时代的普遍精神

▲阿尔蒂尔·兰波，19世纪法国著名诗人，象征派代表人物，超现实主义诗歌鼻祖。代表作有诗歌《醉舟》《元音》，散文诗《地狱一季》《灵光集》等。

中觉醒，界定许多未知；他所贡献的超出了他的思维模式，也超越了有关他前进历程的一切注释。如果异乎寻常变成了人人都认可的正常，那是真正巨大的进步。"也许只有天才才能觉察并看到这一点，才能从中发现深含的秘密和契机，因为他远远地走在了前面，站到了高处，他的每一句话都显示着天才的征兆，他以极致的纯粹和心力显示着他的伟大和不可追赶。

诗人兰波对诗人作如此的描述："我认为诗人应该是一个通灵者。"他要经历感觉的错轨，经历磨难和疯狂，他寻找自我并为保存自己的精华而付出代价。在难以形容的折磨中，他需要坚定的信仰与超人的力量；他在与众不同成就伟大。他是至高无上的智者，"因为他达到了未知！他培育了比别人更加丰富的灵魂！当他陷入迷狂，终于失去视觉时，却看见了视觉本身"！天才，就是在"未知"和"视觉消失"的地方看到丰富的示现，开辟出奇异的天地，在混沌和原初之地呈现出大不同。

天才的头脑都是"发烧"的头脑，先天"错位"的大脑组合使他看到的景象与众不同。阿道司·赫胥黎曾在《众妙之门》一书中通过实验讲述"天才"的幻象，认为不同状态的天才个体看到不同的幻象，有时是无限的内在神圣性，有时则是无限的内在恐怖。在兰波作品的"地狱一季"一辑里，他看到的很可能是后者，幽暗而低迷，神秘而诡异，但依然充满了灵性。即使是在"地狱"之中，他依然能够"清醒地认识我辽阔的纯真"，道出"我的生命如此辽阔，以至于不能仅仅献给力与美"，依然能够清晰地感知到天赋和天意，他冲破禁锢，"在认知的天梯顶端重新找到了自己的位置"。

在《永恒》一诗中，他仿佛知道自己的未来和使命：

> 终于找到了！
>
> 什么？永恒。
>
> 那是沧海，
>
> 融入太阳。
>
> ……
>
> 众生赞誉，
>
> 普遍冲动，
>
> 你就此飞升！
>
> 超脱凡尘……
>
> ……
>
> 没有明天，
>
> 炭火如织。
>
> 你的热情，
>
> 天生使命。
>
> ……

正如许多的天才实际是一个个的受难者，现实的兰波与困顿中的凡·高有几分的相像，他与朋友、家人的通信使我想到凡·高与弟弟提奥的通信。1870 年，诗人去巴黎，从此离开家乡，但在当年 9 月 5 日致乔治·伊桑巴尔的信中诗人写道："刚一下火车就

217

被抓住，因为没有一分钱，还欠了 13 法郎的火车票钱，我被带到了警察局，今天，我在马萨等待判决——噢，我把希望寄托在您身上……请求您，为我担保，替我还债……给我可怜的母亲写信，安慰她！"发出之前，他于信末补记道："如果您能使我获释，请把我带到杜埃。"

与凡·高在信中屡屡向弟弟要钱以维持最低限度的生命不同的是，兰波在信中每每述说自己奔波劳碌中的狼狈与朝不保夕。不愿被世俗、真理乃至信仰戒律束缚的他，在沙漠中，在荒僻处，在人类难以生存的艰难之地寻找着自己的生存场所，1879 年 2 月 15 日他在写给家里的信中说："我是在海边沙漠中的一个采石场上做监工……这里只有一片岩石区、河流与海洋，没有一座房屋。没有土地，没有花园，没有一棵树。夏天，这里会热到 80℃。而现在，通常是 50℃。这是冬天，有时下雨。吃的是野味、山鸡等。除我之外，所有的欧洲人都得了病。"在 1880 年 8 月 25 日的信中，他说："亚丁是一块可怕的岩石，没有一株草，没有一滴淡水：人们喝的都是用海水蒸馏的水。气候及其炎热，尤其是 6 月和 9 月，酷暑难耐。在一间通风极为清爽的屋里，昼夜的温度都持续在 35℃。一切都很贵，就是这样。可我必须留在这里：我像一个囚徒，至少得在这里熬上 3 个月才能够勉强维持生活或找到一份更好的工作。"

尽管艰难，有时候他还会失业，失去了生活来源的他会感到生活的异常昂贵和百无聊赖。"我无法给你们一个回信的地址，因为我并不知道自己日后会漂到哪里，走什么路，身在何处，为什么，会怎样，全都一无所知！""我的生活在此是一场真实的噩梦。""这些日子，腰部的风湿病把我折磨得死去活来；我的左腿也时不时出现麻痹症状，左膝关节疼痛难忍，右肩又出现风湿症状（已是老毛病）；头发全部灰白。我想，我的生命已开始衰败……我已筋疲力尽。我现在没有工作，生怕失去我仅有的积蓄。""我只有在疲惫与贫困的流浪生活中了此残生，而唯一的前景就是在痛苦中死去。"

1888 年 8 月 4 日他自非洲给家里寄了一封信写道："我总是苦不堪言，我还没见过一个像我这样悲惨的人。这样的生命难道不悲惨吗？——无家可归，干着粗活，迷失在一群黑人中间——你想改善他们的命运，而他们却想方设法地剥削你，异想天开地想让你把所有的商品一次性廉价处理。被迫说着他们莫名其妙的语言，吃着他们肮脏的食物，忍受着他们的懒惰、变节和愚蠢带来的无数烦恼。"

凄清孤独之中，当他唯一挚爱的朋友魏尔伦因一时分歧离开了他，无助无望的他曾经拿出他最大的真诚沥血呼唤："回来，回来，亲爱的朋友，我唯一的朋友，快回来吧……两天来我哭个不停。回来。勇敢些，亲爱的朋友。什么都没失去。你只需重新踏上归途……啊，我恳求你，何况你还有东西在这里。回来，你所有的一切都还在……你想怎么样？要是你不愿再回这里，我可以去你那儿找你吗？对，是我错了。噢，你没忘记我？说呀！不，你不能忘记我。"署上了名字后，他又补记道："快回答我：我最多只能坚持到星期一晚上。一个便士也没了，我甚至无法寄出这封信……

噢，回来呀，我又一直在哭。让我来找你吧，我这就出发。"彼时的他——在写作所有这本文集的彼时，他才只是一个十七八岁的少年，等这些文字跨越了时空，幽幽地飘至我们面前，我们依然无法不为之心碎。

而就是如此飘摇不定、流离颠沛的他，在诗歌里以灵性的敏思与敏察悲悯和体恤的，却是芸芸众生。

《孤儿的新年礼物》中他关注到两个孤苦无依、伤心失望的孩子在苦涩的泪水中呼唤着妈妈；在《惊呆的孩子》中他看到五个可怜的孩子跪在地上、撅着屁股，于饥饿中"眼巴巴地望着面包师"；在《教堂穷人》中，他看到困顿中的人"仿佛要从烛光里闻出面包的香味"：

> 仿佛要从烛光里闻出面包的香味，
> 那种幸福，屈辱得像是被棒打的狗，
> 穷人向着仁慈的上帝、老板和老爷
> 发出可笑而固执的祈求。

在《铁匠》中他看到劳作的艰辛和生存的不易，一粒反抗、正义的种子在少年的心里：

> 当我们耕耘了一片土地
> 当我们将半截的身体埋进黄土……

我们这才能得到一点小费：

回来在深夜的茅屋里生一堆火，

让我们的孩子烤出一块热面包。

……

——如果我是一个人：而你，你是皇帝，

你就会对我说：我要这个！

……

——你瞧，这有多傻，

你以为我会满心欢喜地看见你满堂生辉，

看见你的穿黄袍的大臣，你的成群的喽啰，

你的该死的杂种们像孔雀一样傲慢：

他们使你的巢穴充满了我们的女儿气息，

而给我们留下的却是去往巴士底狱的票据，

我们却还说：这很好，穷人都跪下，

献出我们滚滚的钱币来装饰你的卢浮宫！

而你将花天酒地，欢庆佳节，

——这些先生们将哈哈大笑，骑在我们头上！

　　卢浮宫，原来还可以以这样的视角去端详，那一刻我不禁想到，当我们在辉煌或典雅中附和或赞美之时，我们是否像兰波那样，也看到了世界的另一面？

在诗歌中，他以无尽的悲悯表达了对于周遭的同情，但看了他的书信、他的生活，我宁愿看到他在诗歌中缓解生命，得片刻的幸福与安详。

他在诗歌里的确有他对于生命的思考与追问，对于光明的追随与追寻，对于原初之美的倾慕与探寻。有古老的渴望，有熟悉的温暖，有敞开的幻想，愿他那一刻的《感觉》长驻于心：

> 什么也不说，什么也不想：
>
> 无尽的爱却涌入我的灵魂，
>
> 我将远去，到很远的地方，就像波希米亚人，
>
> 顺从自然——快乐得如同身边有位女郎。

愿他在"一切都在长生，一切都在向上"的《太阳与肉身》里找到内心的和谐：

> 在那里，他站在原野上倾听
>
> 活生生的自然发出回音；
>
> 那里沉寂的森林轻摇着歌唱的小鸟，
>
> 大地轻摇着人类，整个蓝色的沧海
>
> 和一切飞禽走兽，都在上帝的光辉里恋爱！
>
> ……

他歌唱……树林高唱，河流低语，

歌声回荡着幸福，飘向光明！

……

　　然而最后，诗人却如同一道闪电，一抹流星，在现实的摧残和困境的折磨下英年早逝，于无尽的黑暗与虚空中留下了长久光辉的一瞥。在封底，王以培先生致兰波："兰波兰波，当孤独的反抗再度落在世人肩头；回头望，依然是你，那一叶苦海孤舟；远远漂来，如流星横空出世，突破沧海苍穹，一边毁灭，一边照亮夜空……"

　　诗人去了，诗人又可能如译者所说驾着一叶孤舟随时归来，此时被我捧在手里的诗歌，不是正于沉静的心底，给出了无尽诗意的呈现吗？纯净，而又纯粹，那是十九岁生命的质地吗？在即将离去的一刻，诗人说："我对世界的反叛只是一段短暂的酷刑。最后的时刻，我依然四面出击……那么，——噢！——亲爱可怜的灵魂，我们不会丧失永恒！"

　　永恒中，闪耀着天才无尽的诗意。

聂鲁达：灵性的神思，无解的天问

——读巴勃罗·聂鲁达《疑问集》①

"法国的春天／从哪儿弄来了那么多树叶？""为什么树藏匿起／根部的光辉？""一棵梨树的叶子会比／《追忆似水年华》茂密吗？""世上可有任何事物／比雨中静止的火车更忧伤？""太阳的雌蕊在日食的／阴影里为谁燃烧？"……不读巴勃罗·聂鲁达，我不知道诗歌还可以这么写——74首小诗316个疑问构成这部《疑问集》。

这扑朔迷离的表达是一些闪念，一些玄思，还是稍纵即逝的直觉？而诗人捕捉到了它。

面对这浩瀚的"天问"，究竟谁能回答"伏特加和闪电调成的鸡尾酒／如何称呼"；谁能回答，"站在石榴汁前／红宝石说了什么"；谁能回答，"紫罗兰出现时，大地为何忧伤"；谁能回答，"当水蓝色开始歌唱／天空的谣言会散发出什么味道"；谁能回答，"十二月和一月之间的月份／如何称呼"；谁能回答，"光是在委

---

① 巴勃罗·聂鲁达著，陈黎、张芬龄译：《疑问集》，海南出版公司2015年版。

▲巴勃罗·聂鲁达，智利著名诗人，获诺贝尔文学奖获得者，被誉为"人民的诗人""20世纪伟大的诗人"。主要著作有《二十首情诗和一首绝望的歌》《船长的诗》《一百首爱的十四行诗》《疑问集》《我承认我曾历尽沧桑》等。

内瑞拉 / 打造出的吗"；谁能回答，"什么西方君主政体 / 用罂粟做旗帜"……你没有答案，我没有答案，恐怕诗人也没有答案。诗人聂鲁达只管将随时闪现的意象和语言作自由的联结，呈现出这样或那样的形状和形态，没有逻辑，但透着美感，没有规律，但勃发着活力，引出生命的源泉活水。

　　诗歌，就是容许"精神错乱"。如译者在后记中所说，聂鲁达的诗，将成人生活和孩童的纯真直觉结合，产生了令人惊喜的质地。

　　紫罗兰蓝色啜泣的气味

是什么颜色？

一天有几星期
一个月有几年？

以无染的灵思将世界颠覆、重置，恐怕只有诗人有这样的自由和能力。在诗人的世界里，万物通体透明，变幻莫测，而他，就是如此这般旁若无人地问着，问着：

树根如何得知
它们必须攀爬向光？

且以如此丰富的色泽和花朵
迎向大气？

是否总是同样的春天
反复扮演同样的角色？

问题无解。而诗人在发问之时，或许压根也没有想要求"解"，诗歌就是灵感的捕捉和情绪的流淌。

当读到"今天的太阳和昨天的一样吗？／这把火和那把火不同

吗""森林的黄色／和去年的一样吗""我可以问问我的书／那真是我写的吗",我想到,一个人会两次踏进同一条河流吗?此时的我,真的是彼时的我吗?我,真的是可以捕捉可以定性的吗?

我能问谁我来人间
是为了达成何事?

我不想动,为何仍动,
我为何不能不动?

为什么没有轮子我仍滚动,
没有翅膀或羽毛我仍飞翔,
……

这是诗人的追问,也是哲人的追问。这些诗,将我们引向生命的中心。

我们的生命不是两道
模糊光亮间的隧道吗?

它不是两个
黑暗三角形间的一道光亮吗?

生命，大概有万千种形状，神秘莫测，而诗人感觉到的生命是隧道，是亮光，是可灵视不可触摸的存在。

聂鲁达将自己抽离出来，观照并聆听万物和自身，持续地提出一连串的问题："太阳和橘树之间 / 相隔多少圆尺？""在天体的音乐中 / 地球的歌唱是否像蟋蟀？"

> 幼年的我哪儿去啦
> 仍在我体内还是消失了？
> ……
>
> 为什么我们花了那么多时间
> 长大，却只是为了分离？

在诗中，他追问来处，也探寻去所，"你的毁灭会熔进 / 另一个声音和另一道光中吗？"他捕捉欢乐，也觉察悲伤，叙说人生的无情与残酷：

> 你不明白苹果树开花
> 只为了死于苹果之中吗？
>
> 你的每一次哭泣不是都被

笑声和遗忘的瓶罐包围吗?

无论欢乐悲伤,都转瞬即逝,微不足道。

而世界循环往复,周而复始,生生不息。"今年春天的树叶／有什么新鲜事可以重述?"在这万般的变化与重复之中,在不可挽留和追回的时光流逝之中,聂鲁达问:"字母表啊,你能够爱我／并且给我一个实在的吻吗?"冥冥中,诗人也想要从无常的人世间抓住一些什么吗?

目之所及,诗人用自己的眼睛给万物都镀上了一层诗意的色彩,聂鲁达对文学的认识也被呈现在诗歌的追问中:

　　写作蓝色之书时
　　鲁文·达里奥不是绿色的吗?

　　兰波不是猩红色的吗?
　　贡戈拉不是紫罗兰的色泽吗?

　　维克多·雨果有三种颜色,
　　而我则是黄色的丝带?

刚刚读完雨果散文的我禁不住在想,维克多·雨果的三种颜色是什么?这三种颜色对应的,分别是文学的雨果、演说的雨果和爱情的雨果吗？

　　"那些从未碰触过我血液的人／会怎样说我的诗？"诗人的聂鲁达自然也关注着自己和自己的作品。然而生命和诗歌均充满了或然性，已然被放逐的一切，仿佛都进入了未知之地，不被知晓，亦无从把握。

　　"如果我们已经说过了，别人还会说多久？"他的这个问题则让我联想到"原创""模仿""人云亦云"以及"新意""独特""个性"等等这些词汇，联想到博尔赫斯说的世上的书籍无非就那么一两本，大量的书写重复而无新意。创新是文学的可贵之处，对此，诗人的聂鲁达是否亦有感知？

　　当诗人张大了眼睛，问："它们给鸟群间飞翔的花／取什么名字？"你体会到那不食人间烟火的纯粹与天真了吗？当诗人怀着虔诚当真地问："草原尚未因野生的萤火虫／而着火吗？"你和他一起陷入遥远而浪漫的想象了吗？当诗人以吃惊的口气问："真的吗，忧伤是厚的，而忧郁是薄的？"我则禁不住在旁写下与他交谈的话：除了你，谁去量过呀？当诗人说："迟来不如永不来，不是吗？"我则想反问：是吗？

　　生活，原本可以给出无穷的答案。

　　　　地球上何者较为勤奋，

　　　　是人类，还是谷粒和太阳？

枞树和罂粟

大地较钟爱何者?

为什么花朵如此华美

而小麦却是暗浊的金黄?

这些问题,高深莫测,读着的我无以作答,唯有思索。

面对不断翻卷而来的浪花,诗人问:"它们为什么如此虚耗热情 / 撞击岩块? / 对沙子反复诵读宣言 / 它们难道从不觉厌烦?"站在海边,诗人自语:"今天早晨我得在 / 赤裸的海和天空之间做一抉择吗?"忽而此处,忽而彼处,诗人的心从来不可猜度。

而诗人,还在不停地追问:"为什么我没有神秘的身世 / 为什么在成长过程我孤独无伴?""我是有时邪恶 / 还是始终良善?"……

生命不息,追问不止。然而再多的疑问,世界该怎样恐怕还是会怎样。

泰戈尔：诗意的灵魂，博爱的力量

——读白开元编译《泰戈尔书信选》①

北京大学外语学院亚非语言文学系魏丽明教授在《"理想之中国"——泰戈尔论中国》一书中对泰戈尔的概述是准确的：泰戈尔不是一个狭隘的民族主义者，他信仰"更高的理想"，追求"人类恒久的价值"、真善美的境界和世界大同的目标。他抛开狭隘的民族主义，怀着悲悯与大爱，站在一个更高、更远的点上看待文化、种族、国家，呼吁东西融合、团结互爱，并将教育作为最重要的责任，将文学当作天赋的使命，不遗余力地建学校、写文章，践行自己的理想，构建世界融合的纽带与桥梁。

他以不懈的努力建学校。1921 年他创办的国际大学倾注了他毕生的心血，承载了他世界大同的理想，1916 年 10 月 11 日他写信给儿子罗梯说："圣蒂尼克坦这所学校应当建立起印度与世界的联系。要在圣蒂尼克坦建立一个世界各民族人文研究中心。单个民族的狭小时代已经结束了……我的愿望是让这个地方超越各个民族

---

① 白开元编译：《泰戈尔书信选》，商务印书馆 2015 年版。

▲拉宾德拉纳特·泰戈尔，印度著名诗人、文学家、社会活动家、哲学家。1913 年，他凭借《吉檀迦利》成为第一位获得诺贝尔文学奖的亚洲人。代表作有《吉檀迦利》《飞鸟集》《园丁集》《新月集》《最后的诗篇》等。

的地理界限，树立各民族第一面胜利大旗。在全世界砍断本民族自高自大的束缚之绳，是我晚年最重要的工作。"这所国际大学至今发挥着影响，成立于1937年的中国学院连同大作家本人一起，也一度成为中印友谊的象征。

1924年，泰戈尔怀着对中国的向往来到北平，受到了热情欢迎，在北平，他写给自己的孙女拉努说："过些日子，你会看到，中国学生将进入圣蒂尼克坦的国际大学学习。国际大学的学生和学者也将来中国学习交流。"他的愿望实现了，昔日的情景今日还在，听魏丽明教授说，今天，北京大学仍有学生到国际大学学习，国际大学也有学生来北京大学交流，中印的文化交往借由学校的平台仍在不息地延续。

文学是他表达理想的重要载体，大作家通过作品影响世界。正如泰戈尔所说，诗歌是他生命里的东西，是其真实的自我呈现，诗歌给予他最深的造诣："我能用天帝赐给我的诗笔，在人们心田，耕耘播种。种子播完了，我的任务也会完成了。"诗歌和诗意是流淌在他的血脉里的，须臾不离。诗歌之外，戏剧乃至歌曲曾是泰戈尔文学创作的重要体裁，他的剧目在他所创办的国际大学乃至世界各地演出，借助舞台、灯光、道具和演员的肢体、表情，重塑高尚的精神品格和道德境界，传递人间至善、至美与大爱。

1924年，泰戈尔访华之时他将自己的戏剧带入中国，在北平，佳人才子林徽因、徐志摩曾经主演了他的诗剧《齐德拉》。时隔九十四年的2018年夏，《齐德拉》连同《大自然的报复》《赎罪》《红夹竹桃》《邮局》于北京蓬蒿剧场再度上演，使首都的观众再次领略了泰戈尔的戏剧之美。学生社团的演出兴许还算不上成熟和完美，但作品自身的光芒无法阻挡和掩抑，承载着剧作者来自内部的无穷能量——那是不受时间、空间、表演者乃至个人生命约束的力量。作家去了，它依然在。

在世界大同的博爱的点上，泰戈尔与罗曼·罗兰是相通的。在他看来，"大于国家的理想，能使国家变得更伟大"。怀着这样的理想和信念，他写抗议纳粹的公开信："我呼吁全球的志同道合者手拉手，肩并肩，齐心协力，在我们每个人中间，实现人类的崇高目标。"他写支持中国人民抗日战争的公开信，立场坚定地谴责日本的野蛮行径，对其反人类的残忍行为深感痛惜。他几度写信质问日本诗人野口："作为一个民族主义者，难道您相信两国之间由于堆积如山的血淋淋的尸体，由于炸毁的城市废墟日益增多，你们两个国家才容易伸出双手，建立永久的友谊吗？"他立场鲜明地对野口说："我不能祝愿我爱的贵国取得胜利，我祈祷它心中萌生懊悔。"

诗人一生淡泊名利，坚持更高、更远的目标和方向。他对儿子罗梯说："我已远离这个大家庭和家产——这一切留给你了。"他的领域在别处，他说他要去开拓。他对妻子穆丽纳里妮说："博大的恬静、高尚的淡泊、超越功利的情义、不谋私利的行事……这才体现人生的成功。"他要守护"心中的崇高理想"，"眼下我心中唯一的愿望，是让我们的生活朴素而简约，让我们四周的环境宁静、欢悦，让我们的人生远离奢华，充满善德"，"名誉对我来说分文不值"。1930 年在美国，盛大豪华的欢迎晚宴带给泰戈尔的是深深的痛苦与不安，他写信给家人："今天晚上在饭店举行欢迎宴会，大约有五百人出席。没人理解，这样的安排对我来说是多大的痛苦。"

但他四海奔波劳顿，为大学筹款，为理想呼告，却是不遗余力，在他的心目中，"国际大学不是抒情诗一类的事业，而是史诗一类的事业。"为了国际大学能够办下去，他费尽了脑筋，想尽了办法，几乎倾尽了所有。在难以为继之时，他到世界各地演说、筹款、尽可能地多地写文章挣版税，写信恳求国际大学的教师留下来。晚年的泰戈尔操起了画笔，办画展、卖画的款项也都用到了大学的开销中来。1912 年他写信给拉马南德·贾特巴达耶说："依靠我的财力，学校的部分教学如确能维持，那就让我的财力最后消耗殆尽吧。划燃火柴是为一点亮灯，可灯就是不亮，就让火柴烧尽吧——这几秒钟时间内，路走得越远越好。"

诗人以博爱对世人，对悲悯，对众生，宽宏敞亮。他在信中不止一次地提及，他对在自己土地上耕种的佃农怀有愧疚。1930 年，在诗人七十岁时他写信给儿媳说："今后不要再把自己衣食住行的担子放在贫穷农民和佃农的身上。这件事我考虑很久了。好多年前我就希望我们的田产成为佃农的田产。我们只当委托人，只要求收一些衣食所需的租金，就像是他们的合伙人……多年来我对自己的那些佃农的愧疚，依然存在。在我去世之前，在那个领域我难道不能开辟一条新路？"他将乡村改革看作与大学建设一样重要的"人生大事"。佃农及其子女生病，泰戈尔总是尽自己的最大努力写信将他们介绍给当地最有名的医生，言辞恳切，饱含情义。

对家人，诗人更是一个有血有肉有感情的诗人。他随时写信给妻子、儿孙，体贴关怀，温暖慈爱。在挚爱之中，他又是有节制、通达透彻和无私的。谈及小女远嫁，他在信中宽慰妻子："各种各样的爱之中，应有一定程度的离别和自由。""以往养育孩子们得到的苦乐，现在应完全忘记为好。他们来到世上不是为了让我们享福。他们的安康和人生成功，是我们唯一的幸福。"而诗人自己，却独自珍藏着过往岁月的动人片段。

对于儿媳，大诗人亦是爱护有加，他让儿子罗梯记住："你完成了学业，积累了人生之路的盘缠，做了充分准备，从容地踏进了一个新家庭。但我这个儿媳和你不一样。她至今是个孩子……你要把她当作一个人，全面周到地照顾她，不能只把她当作一个家庭妇女、一个享受生活的女伙伴。她的某些特长如因受到冷落而泯灭，必将打击她整个人性。"在给儿媳的信中他亦是谆谆教导，殷殷祝福，不断地给予鼓励与关爱。

诗人自己也是如此对待爱人的，他的妻子穆丽纳里妮相貌平平、几为文盲，但他从未嫌弃，以极大的耐心与爱长情陪伴，助其成长。他写信对妻子说："即使我们的孩子渐渐离弃我们的理想，渐渐远去，我们两个人，自始至终，也会成为彼此人性的支撑，成为为世事所累的心中的避风港，能够完美地走到人生的终点。"在妻子患病离世之后的数十年里，他独守其身，以"专一"诠释了爱情。

而诗人毕竟还是诗人，有着不可更改的诗人的秉性。太过操劳之时，他会回到诗歌，获得一刻的静心。1910 年他从希拉伊达哈写信给儿媳："今天上午，阳光明媚。河里涨满了水。我坐在船顶上做祈祷时，心里充满光明和美感。坐在河流、陆地和天空之间，心中感知着梵天，实在是太愉快了。"

有时他也会陷入哲人的沉思，静思观照的刹那，还常看到自我的本性与本相。1906 年他写信给迪纳斯·昌德拉·桑："说实话，先生，我内心深处，'民族''爱国情怀'等单词全溜走了。悠闲时分，我的眼前浮现我的本相。""除了灵魂的自由，我们没有别的自由。"有时他感到自我与自然万物联结，变得博大而浩瀚："我是人，因而我也是尘埃、泥土、流水、树木、飞禽走兽，我就是万物——这是我的光荣——我的意念中闪耀着世界的历史——我的存在中，汇集了所有的生物、非生物。所以，我的血液熟识海涛的节拍，与之共舞，但海涛不认识我；我生命的欢乐与树木生命的欢乐融合，开花结果……"

书读完了，掩卷静思，却难以平静。诗意的灵魂，博爱的力量。

顾城：天赋的灵性神思

——读《顾城哲思录》[1]

你

一会看我

一会看云

你看我时很远

看云时很近。

有时候，陡然再遇见某个名字的时候，他的话语或诗句会于刹那间清晰地浮现于脑际，一个已然逝去的时代亦于刹那间跟随而至。在机场偶遇顾城的哲思录，距离这个名字，恍惚间感觉已有些遥远。

打开书，看到诗人说，当我想当一个诗人的时候，我就失去了诗。谁说不是呢？全然的纯粹，只是剥离所有的外在，直达事物的本身。放下一切目的，该来的将不期而至。对于一颗真心来说，写不写诗是一样的。它并不需要停留在诗上，也不需要留住诗或强迫诗的发生，有则有，无则无，那是一个再自然不过的过程，无须给

---

[1] 顾城：《顾城哲思录》，重庆出版社 2015 年版。

它附加任何的意义、目标或方向，它自然有着它自己的方向。诗不是作出来的，文也不是写出来的，是于生命和血液里流淌出来的，写不写诗，作不作文，生命和血液都在那里，没有改变。诗人从来不是诗的目的，诗没有目的。写作就是这样一个自然的事情。你心里有情感之水、生命之水，它要流淌，就这么简单。

想起早些年在学校，那些从心底喷涌而出的诗句曾被记在那么多的小纸片上，无论是课上的一个瞬间，静心独处的一个刹那，还是无数个忧伤抑或欢喜的时刻，一行行灵感推动的诗句就会突然间跳跃而出。与其说是诗句，不如说是"天书"，那是从天而降的东西，不是思想出来的，不是酝酿出来的，是天然就在，择机而发，如花的开放，鸟的飞翔。顾城说，在诗歌发生的时刻，不是语言去驾驭诗，而是诗于刹那间创造着语言，是一种无以阻挡的气息从生命中汩汩流出，开花结果，自然

▲顾城，朦胧诗主要代表人物，被称为中国当代仅有的唯灵浪漫主义诗人。主要著作有《黑眼睛》《顾城童话寓言诗选》《顾城诗全集》《顾城散文选集》等。

而然。越是纯诗，其语言的一次性便越是绝对，字字不可替不可动。文章天成，一字不可更改。这和我当年的感觉一模一样，仿若是为我早年写诗的态度所作的注脚。我相信顾城的话，一个艺术家做艺术是不可避免的。就像一棵树，它就要这样长一样。孔子说："生而知之者，上也；学而知之者，次也。"我不怀疑天赋的与生俱来，上等的禀赋是生而知之，从来就在，向来通透的，就如慧根有深浅，就如，顾城接受正规的学校教育只有三年，他的诗歌不是来自书本，不是来自社会，不是来自教育，甚至也不是来自他自己。那些语句就常常不期而至，如他在开篇所写："一个彻底诚实的人是从不面对选择的，那条路永远清楚无二地呈现在你面前。是的，生命中从来就有着一条线索，一条脉络，从来，我们都知道自己从哪里来，到哪里去，光明通透。他说，人是一个导体，在神灵通过时放出光芒。他的诗，便是灵感印记，是天赐的神作。我完全同意完美的哲学和艺术一概达到了给予的宗教境界，却不是宗教，因为它从一开始就不抱这个初衷，它干干净净，就像光没有黑暗，所达即至境，宗教也难以企及。但想必这不是所有的人都懂得、都能心领神会的，知之者知之，不知者不知，就像奥修所说：要么你知道，要么你不知道，无法翻译。因为天才和天赋，毕竟是少数人的事。当你知遇了顾城，你就会抛开他疯狂的行径，从他尘埃般的细微思绪里得到他的照耀。

自然界的每一个物种，都有它独特的品性，在顾城看来，诗言志的志，不是志向，而是自性，诗人懂得的很少，有些不谙世事，他也无须懂得那么多，诗人，就是顺着自性生长。他听不懂诗歌的研讨，他听不懂诗歌的理论、构造、形式、主义，在他的笔下，他的心里，只有一行行的诗歌带着生命的热度不期而至，他不知道哪一天发生，也不知道哪一天停止，那不是文坛不是诗坛，不是历史的陈列，而是鲜活的心灵和血液的涌动，是此一刻、彼一刻真实的呼吸。他说："我觉得我最初跑到诗里去，原因也可以说是反感名利崇拜的世界。在真实的世界里，一个太阳和一片叶子各有特点，没有高下，它们都是宇宙变幻中的一个现象一个瞬间，都是丰富美丽独一无二的。"真的作家、诗人、艺术家皆有这种平等的齐物之心，他将自己如一粒沙尘般融入到万物之中，用另一个视角看世界，看人生，在细微处，体会万物之美。所以诗人的诗是长出来的，而非做出来的，就像春天的小草拱出地皮，带着一种自生的力量。

他读诗、读文学，却不读文学史、文学理论；他读过的文字，他只将它们分作两类："我自己的和不是我自己的。"他不记作者，不记年代，不记一切附加和外在的东西，和他的诗歌一样，他直抵本质这是一个诗人的鲜明特点，一个诗人不可或缺的纯粹特质，少了这份纯粹，诗人将不是诗人。当然，当然，天赋的诗人不是要成为诗人，而是不得不成为诗人。那是一种无法阻挡的气息，是一个轻易的过程。

顾城说："真正的诗是超越年龄、时代的，因为它来自真切的生命，而生命是相通的。"像诗歌，这些平易、朴实和本真的东西，于我是接近的。何止是诗歌，包括诗歌在内的文学、艺术和一切美的东西皆如此，均带着某种超脱或超越的气质。而实际上，文学萧条、诗歌没落的时代，对于文学和诗歌本身也并非全是坏事，凑热闹的都走了，真正热爱、用生命和血液去践行的留了下来。而只有少数的这些人，才是文学和诗歌的未来和希望。保有诗歌在心里，是多么幸福的一件事！知之者知之，不知道者不知。在阅读诗歌的时候，我发现自己依然与诗歌有着深广的联结，与之同在的时刻，依然无比地欢喜和自在。这样的时刻，难道不该被郑重地记取吗？

遭逢如此冷门的话题，今天的我，为何依然激情澎湃？我扪心自问，一个来自心灵的声音告诉我：是的，是什么，你就该归于什么。那何尝不是一种幸福的感觉？

我将这些乌托邦的话语发朋友圈，一个画画的师兄看到，说："水墨画也冷清。你喜欢的爱好的都是充满艰辛的路……"我回复说："人的视角和感应真的不同，我觉得我喜欢的东西，都是美的东西。"如若真喜欢便不会觉得艰辛，体会到的恰是无关境遇的、由衷的喜悦，这喜悦不会随文学或诗歌自身状况而改变。因为本来无目的、不追求，可能它只是自性中一个天然的存在吧。其实水墨画冷清与否关系也真的不大。当然，可能这就是专业和业余的不同。真喜欢的东西，我愿意将自己定位在业余的角度，这样更纯粹，更享受。是享受，而非艰辛。如若艰辛，那就放弃吧。师兄又说："在北京那边寻求，不容易。"而我觉得我从未寻求过什么。很多的时候，人是可以按照他自然的本性伸展的，而这个过程，是全然喜悦的。就像以前有人看到我早早起来读书写字画画，说我好勤奋，我觉得那全然是一种误解，因为他们没有看到和体会到那个过程是那么地愉悦，否则我们为什么要做呢？

　　而每一个人，都有他自己的奇异的世界，我们无法追寻他人的足迹，只须在自己的世界里开花和经历。比如同样自诩对于凡·高的懂得，顾城说他在真正遭遇精神崩溃的时候看懂看见真正懂得了凡·高的画，而自认为与凡·高深切相通的我正相反，我是在平静和喜悦中遇见和懂得的凡·高。

　　　　你看远方的时候

　　　　我看着你的背影

　　　　你回眸看我的时候

　　　　慌乱中我看天上的云。

　　这是许多年前的诗句，影影绰绰，谁说，这里面就没有顾城的影子？一个生命将不知道以什么样的形式，潜移默化地影响和渗入到另一个人的生命，这也是一件神奇的发生吧？静心体会，许多美好的发生都在悄然而至，我们不须着急，甚至不须等待。

　　在那个诗的年代，诗人顾城，曾经深刻地影响过我，今日重读，依然能找到精神的契合点，从诗而至哲思，变的也许只是形式，未变的是那个精神的内核，是附着在诗歌、文学、艺术、哲学之上的美的光泽。我们本不必为文学和诗歌去做什么，而我却始终相信，文学、诗歌所承载的人性的光和美，将永远照耀着人类幸福地前行。

鲍尔吉·原野：人心广阔，草木无染

——读鲍尔吉·原野《草原书》[①]

大草原，是鲍尔吉·原野的根之所在，也是鲍尔吉·原野的背景和依托，他扎根于草原的书写呈现出他的"原生态"。他的《草木山河》，他的《从天空到大地》，都带着大草原阳光和青草的气息，这本《草原书》索性以草原命名，为草原立传，表达他对大草原的那一份独特的专注与热爱。

鲍尔吉·原野的文字之所以感人，是他始终带着源自天性的诚挚和无分别心，对花，对草，对人，对事，如他所说："蒙古族人对人畜草木给予同等关怀。"他不需要调用技巧，他的文字和生命一起伸展，和心灵一起放逐，和万物一起呼吸，这些文字带着大草原的开阔与通透，顺应着自然的节奏，呼应着草木的荣枯，为之喜，为之忧。更多的时候，是以天真无染的眼睛发现、感应，以自我融入、天人合一的视角体察、感悟，徜徉其中，他不知道他是一位作家，一位写者，他以生命原有的方式涂抹、书写，他的文字和他一样，

---

① 鲍尔吉·原野：《草原书》，中国民族摄影艺术出版社 2017 年版。

▲鲍尔吉·原野，蒙古族著名作家，出版《草木山河》《从天空到大地》《草原书》《流水似的走马》《乌兰牧骑的孩子》《乌苏里密林奇遇》等作品一百余部，曾获鲁迅文学奖等。

与自我、与自然融为一体，无可分辨，天地混沌，是为大美。

所以，鲍尔吉·原野的文字带着淋漓的元气，不可仿效，不可复制。即使是他自己，也无法重复。他的草原是如此迷人啊，看吧："花一开就收不住了，像老天爷装花的口袋漏了，洒得遍地都是。一朵花在夜里偷着又生了十朵花。五月到六月，草原每天都多出几万朵花。""草色转为金碧，空气更透明。嬉戏的鸟儿一头栽进草里，挑头又飞起来。"他总是带着孩子的好奇，去看顾，去发现，去感受，去欣赏，内心溢满欢喜。他说着儿童般天真的话，想着童话般神妙的事儿，使他的文字如阳光洒落般超脱明媚。

他的草原与我们的草原不同。"六月末，大地花朵盛开，像从山坡上跑下来，挥动红的、黄的和蓝的头巾。城里人习惯用花盆栽花，花在家具之间孤零零地开。草原上，大片的花像没融化的彩色的雪。花朵恣意盛开，才叫怒放。""野花夹杂在雪里，和草一同嬉戏。"在城市，我将花种在花盆里，已是我能做的最大的努力了。在草原，鲍尔吉·原野接纳着大草原的天然馈赠，在那里，花和草是和他一样的存在，是他的亲人伙伴，甚至"山野是草木的家，人只是过路者"。看啊，"大湖漂来牧歌，这边是草，那边是花"。

博格达山的南边有一片芦苇，"芦苇站满了大地，它们细长的叶子像用中锋的笔写出来的，比竹叶温和，比草叶凌利"。艺术的灵感也是来自于自然，在大自然长期的熏染和启发下，鲍尔吉·原野早已融会贯通。

"站在草原上，你勉励前眺，或回头向后眺望，都是一样的风景：辽远而苍茫。"因此，草原的风景具备了看不到和看不尽两种特点，"草原没有边际。它的每一个点都是草原的中心。"草原人看草原、看自己有着天生独特的视角，那也是原野熏染出的天然不同的视角。在鲍尔吉·原野眼里，草原像大海一样，在单一中呈现着丰富。"在草原上，辽阔首先给人以自由感，第二个感觉是不自由，也可以说局促。置身于这样阔大无边的环境中，觉得所有的拐杖都被收去了，所有的人背景都隐退了，只剩下天地人，而人竟然如此渺小与微不足道。"在原野广阔无边的大背景下，任何的人事纷杂和小情小绪都会显得狭隘吧。

"草原上的山形水势，造就得浑然大气。"给了人们观照天地的不同角度，站在草原，会感到这里的主人绝不是人，而是众生。鲍尔吉·原野说，蒙古族人赶着羊群漫游，人与羊已然融为一体，在天地威重的注视下，人不敢凌驾于其他生灵之上，即使高龄的老人，也保有着不变的谦卑。"最好的人生姿态莫过于谦逊，你如果仰面躺在草地上，咬着一根草茎痴望高天，这时有人走来向你皱眉瞪眼，宣布指示或发脾气，你会觉得他的举动古怪、可笑以至于软弱。这里只顺应天地，而无法在天地的睽视之下树立所谓人的权威。"

《不要跟春天说话》这样的标题，只有鲍尔吉·原野才能想得出来吧？"蝴蝶好像对花说：'开不开？你不开我开，比你鲜艳。'"早上的河边，草地被鲜花占领了，"太阳每天升起来都是盛典，新鲜光亮，鲜花知道，人不知道。"鲍尔吉·原野原本还在他出发的地方，他用童话编织他的文字，写他的文章。作为"在春天，说话的主角只有春天自己，我们只是个看官。"是的，作为"看官"的我们，看万物峥嵘，看万物萧瑟，看万物萌生，循环往复，无始无终。

草原的天空"宽阔得连一只鸟都没有"。而原野，比人生更久长。置身于天地间，让我们重新洗刷一下我们的心灵、眼光吧，回到原初无染的清晰。让我们重新校正一下我们的目标情怀吧，回到原始纯粹的清澈。让我们重新调整一下我们的胸襟视野吧，回到本有的开阔与辽远。

是的，是到了该回去的时候了，勿忘来处，勿忘归处。

当众多的人们被"文明"的聒噪裹挟，卷入无休无止的名利场时，鲍尔吉·原野轻巧地转身，转向草原深处，转向那些还不知道有手机、互联网和照相机的地方，听骑着驴车的老汉讲故事，和牛倌洪扎布一起放牛，和牧民朝克巴特尔聊家常，去关照同一片天空下生活着的不同的人。他不知世俗为何物，不知聒噪为何物，不知，人情世故为何物，"洪扎布像草原上的树、石头和河流一样，安于沉默，像听古典音乐应保持的沉默一样"。在牧区，空间与时间观念都被改变，"牧区的一切都缓慢，像太阳上升那么缓慢，然而什么都没耽误"。他迷恋着这样的古老和缓慢。

　　然而，当古老的节奏被打破，当草原裸露出痛苦的"伤痕"，鲍尔吉·原野的文字里也流露出无言的悲伤。一边是推土机、挖掘机不绝于耳的轰鸣，一边是悠扬深情的蒙古族长调回荡在天空："我美丽的家乡啊，用黄金和玉石也换不来。长生天保佑这片土地吧，我们像百灵鸟一样在风中为你歌唱。"他不想看到采过矿后的草原变成永远不再适合人类和动物居住的无人区，他不想看到牧民乡亲在沙化的土地上失去自己的羊群、故乡，但他的内心，又掠过一丝爱莫能助的悲凉。他身边晒太阳的老汉还在对着远方的山岗，随口地唱着："从东边呀看过去，云朵茫茫，这是千万只鸟唱歌的地方。老虎和狮子跑过来跑过去，这是家乡的山岗。从西边呀看过去，云朵茫茫，这是千万只鸟唱歌的地方。老虎和狮子跑过来跑过去，这是家乡的山岗……"

　　在草原深处，鲍尔吉·原野接触着朴实的人，朴实的事，朴实的歌声，体会着朴实的亲切、朴实的真诚和朴实的感动。读着他文字的彼时，我也想回去，回到那憨拙无巧的时代，遭逢憨拙无巧的人，让心灵驰骋于无边的旷野之中。

鲍尔吉·原野的文字富有真趣，写得随意，不附加赘物和意义，也没有宏大吓人的东西，因此读来轻松愉悦。在科尔沁草原的沙漠深处，他去拜访他瘫痪的大伯布和德力格，临走时他要给一辈子没照过相的大伯照相，大伯在镜头前的笨拙、不适让他心生悲悯，他说："我梦想给所有没照过相的人照一张相，尽管他们会被闪光灯吓一跳。"多么朴素微小的愿望，然而又多么宝贵。人心的美好在细微处可见。在宏大的视听里泡得久了，是否也要适时转身，关照一下内心凝注细微的渴望？体恤一下世上卑微但真实的存在？

鲍尔吉·原野坦然地走在草原上，如草木自在地挺立在大地上。在草原，人心广阔，草木无染。